亦舒作品

亦舒
- 作品 -
13

# 朝花夕拾


CNS

湖南文艺出版社
HUNAN LITERATURE AND ART PUBLISHING HOUSE

博集天卷
CS-BOOKY

# 朝花夕拾

## 目录

# 朝花夕拾，

## 壹·

塑胶心脏、金属骨骼，什么都可以，但要我变成一束电波，我还真的不干。

都公元二〇三五年了，世情仍然没有变化，人类仍然落后，女人的生活，仍然乏善足陈，母亲们仍然唠叨，孩子们仍然反叛，生命的意义犹待发掘。

今日，跟一切日子一样，奇闷无比。

与配偶在一起已有十年，他不是不好，亦不是好，并不见得很爱我，也不见得完全不关心我。据说亘古以来，男女只要在一起生活超过一段日子，大家便会面目模糊起来，变成这个样子，科学略为进步，并不足以改良男女关系。

昨日我们又大吵一场。

孩子们各自躲在房内，反正有电脑做伴，不出来也罢。我胡乱吃些东西，挨至今日，待他出去了才起床，原以为可以清静一下子，谁知母亲来了。

我跟母亲的关系并不密切，很多重要的话都不跟她说，免她担惊受怕。她有点神经衰弱，又缺乏安全感，因是个孤儿，自幼缺乏精神寄托。

我很爱她，有时觉得她比我天真纯朴，她比我小。

她是绝无仅有的古典派：不肯剪短头发、不肯吃牙膏餐、不肯用机械手臂做家务、反对胚胎在母体外孕育……什么都看不顺眼，跟自己过不去。

她穿着又贵又麻烦的天然衣料，胸上惯性地别着一只钻石扣针。

钻石，不过是碳的同素异位体，早数十年，当狄卑尔斯[1]厂尚未放弃其专利权的时候，是妇女眼中最名贵的饰物，贪其闪烁漂亮。现在早已不流行了。

此刻钻石经大量开采，一毛钱一打，只充作工业用途，女人不再青睐有加。

但是母亲仍然佩戴着这只别针，她对它有特殊感情，它的来历颇为神秘，母亲曾经解说过，但我听不明白。

她说那时她只有五岁。外祖母刚因病去世。幸亏有一位女眷把她带在身边，安顿她的生活，把她交托到可靠的世伯手中……

临别之前，那位好心的女士留下这只胸针给她。

---

[1] 狄卑尔斯：戴尔比斯，De Beers。戴尔比斯一直是钻石开采和评估行业中声誉卓著的名字。

母亲一有空便说这个故事，在她心中，那位女士简直如仙女一般。

这件事的疑点甚多，根本说不通。第一，当年她只有五岁，记忆模糊；第二，无端端的咱们家哪来这位亲眷，外祖母并无姐妹；第三，陌生女士为何要这么关怀一个小女孩？

只有钻石扣针是实物，镶工仔细考究别致，我曾笑说，幸亏现在不兴这种玩意儿了，太浪费时间金钱。

母亲一坐下便问我要饮料。

我笑说：“有一只新茶晶味道不错，我给你试试。”

她把双手乱晃，叹口气：“你们这些人做主妇，不知道是怎么做的，一粒丸子、半支牙膏，又当一餐。”

省时间呀，孩子们还不是白白胖胖的。

我没敢顶撞她，只得赔着笑。

那边，小弟同机械臂七号在做角力游戏。

母亲啧啧地烦恼：“多危险，唉，机器没有人性，一用力骨头都扭断。”

我笑说：“妈，你老了。”

母亲问我：“你同他还是不停地吵？”

我无奈地摊摊手。

“会吵开的。”

“分开不是更干净。”

“这是什么话，是你自己挑的人。”

她的口气似一百五十岁。

“我告诉你照老办法的好，婚姻大事怎么可以交给电脑。”她抱怨，“你太新派。”

当时我正在做图书编撰计划，国家需要我，有什么时间去进行老式求偶仪式？弄得不好，要好几年的时间，真是天底下最大的浪费。

母亲皱着眉头喝茶晶，“只有颜色没有味道。”她说。其实也够麻烦的了，我还要替她找出杯子，事后还得做洗涤功夫。

她一早来教训我，弄得我闷上加闷。

女儿在房中弄出巨响，母亲吓得跳起来。

我大声叫：“弟弟，去看看是怎么一回事。”

母亲奇问：“何必去看，闭路电视呢？”

我无奈地说：“她要保留隐私的权利，不准我在电视上观察她。”

“花样真多。”母亲觉得没味道，“现在连书也不要读了，学校也取消了，人人泡在家里，胡作非为。”

我说：“书还是要读的，只不过不用长途跋涉去课室，这可是德政。”

母亲咕哝：“天天对着电脑，有什么好处？”

“他们还是要考试的。”

弟弟出来说：“姐姐不知从什么地方弄来一套古老化学实验品，也许是她男朋友奉献的，在地上炸出一个洞。”

我说：“叫三号去收拾。”

“得令。”他去了。

母亲又说：“孩子说话都没有文法。”

“妈妈，你要是什么都看不顺眼，生活没有快乐可言，二〇三五年就是这个样子，喜欢不喜欢，还是得每天起来。”

“我想吃香喷喷的白脱油蛋糕。”她抱怨。

“我替你去订。”

“还有巧克力。”

“那就没办法了，可可树早已绝迹。”

“是呀，核爆核爆，弄得连巧克力都没的吃，你们这一代都不知损失了什么？”

一代不如一代，每个年纪大的人都爱这么说。等我五十岁的时候，我也会说，一代不如一代。

生态失去平衡，并没有使母亲们不吐苦水。

“政府现在又玩什么？”老太太问。

“我怎么知道？你又不去问国防部的公共关系组。”

“我到现在还没有报名学习国际语言。”她有点紧张。

“并不太难，放心好不好。”

她又叹气。

弟弟奔进来说：“妈妈，新闻报告说第四空间实验又出了毛病。”我并不在意。

妈妈说：“仗不打了，固然是好事，但怎么会把空间弄出一个洞来？”

我拍拍她的手背：“别担心、别担心，地球不会沉沦。弟弟，替婆婆捶两下背。”

弟弟滑头地说：“我叫五号来。”

他外婆生气，站起来说：“我走了。”

她声音里有无限寂寞。

传说中的正宗巧克力或许可以使她振奋，但是那个时代已经过去，注定她要失落。

我说：“我开车送你回去。”

母亲还要拒绝，每次见面，我都不能满足她，她明明有求而来，想我安慰她一颗寂寞的心，但每次我都不知从何着手。

这就是那永恒存在的代沟。

我不明白她为何牢骚连篇，也不知她为何怀旧至几乎有些病态，自然，我爱她，但是我不了解她。

开出车子，她一直说：“不要那么快，心都抖出来了。”

到她门口，她说：“每次来，都想与你好好说话，不知怎的，你那里永远乱糟糟，开不了口。”

我微笑：“我知道，你想告诉我，在你小的时候，有一位神秘的女士，曾经照顾过你。”

母亲知道我打趣她，“走走走。”她说。

我掉头回家。

我喜欢开快车，这是我唯一的消遣及嗜好，尤其爱在弯角表演技术。

载着两个孩子的时候，他们会欢呼，丈夫就面色铁青。他对我的驾驶技术没有太大的信心，并且认为开快车是不成熟的表现。

回到家，看到他已经返来，正在教孩子们做功课，还灌输他们不良知识。

“……在研究人类如何能够脱离躯壳以独立脑电波生存，多刺激！”他口沫横飞。

两个孩子听得入神。

我厌憎这项研究，听都不愿意听，各国政府进行该项实验已经良久，报纸杂志每每有最新的报道，原则每个人都懂，想深一层却毛骨悚然，这比在空间钻洞更可怕，人没了身体怎么个活法？

一切概念根本性移动，既然只剩下一束电波，还要房子车子来做啥？更不用说黄金股票了，再进一步说，能源食物医药也都作废，连地球是否存在都无关紧要，成何体统？

我不接受这个想法。

塑胶心脏、金属骨骼，什么都可以，但要我变成一束电波，我还真的不干。

有时候觉得母亲说得对，世风日下。

我厌恶地看他们一眼，对弟弟说：“还不做功课。”

丈夫冷冷地说：“早就做好了。”

“那么如果你有空，请把五号送到厂里去修理一下，打扫少了它还真不行。”

“你为什么不去？”他瞪我一眼。

孩子们一看苗头不对，都纷纷避开。

真悲哀，从什么时候开始，两夫妻一开口就得吵架，根本无法好好说话。

我挥挥手：“要是我一去不回头，那才是最好的事。”

“真的，你会吗？别哄我白欢喜。”他冷冷地说。

我听了这句话，真的光火了，他太过分，他不知道在什么地方停止，这是我骆驼背上最后一根稻草。我霍地站起来，取过车钥匙。

“你又到什么地方去？”

“Never Never Land[1]。”

“你在说什么？”

“你永远不会知道，”我悲愤地说，“你从不关心。”

“你并没有告诉过我。”

“你没有留神。”

“去吧。”他放弃，“别站在这里一直控诉我，去到越远越好。”

“好，你照顾孩子。还有，希望你可以成功地将脑细胞自躯体内分裂出来。”

“何劳你担心。”

我按动按钮，大门唰的一声旋开，我头也不回地走出家门，开动车子，冲出去。

真悲哀，我们早应该分手，两人根本没有理由可以再生活在一起，分开至少可以静一静，让我好好开始工作。

到母亲家去住几日？又踌躇下来。不行，她会不停地晓我以人生大义，还是一个人躲起来。

我自然没有期望他会急着打锣找我，相信我，他绝不会这样做。

---

[1] Never Never Land：永远永远的。

我将车开上生命大道。太阳已将近落山，金光万道映在红霞之后，电脑课程时常要孩子以这种题材做描写文，孩子们老翻出父母幼时的功课磁带来抄袭，年年拿丙等。

也许我会怀念孩子们。

我重重叹息一声。

生命大道上有十三个著名的死亡弯角，技术高超的驾驶者可在十分钟内走毕全程，甚至可以抽出时间观赏大道一边的海景。

速度、劲风，都使人心旷神怡。

在丈夫眼中，我是多么的不羁任性不切实际，成日沉湎在自我为中心的世界……在他眼中，我一无是处。

我一手把着驾驶盘，一手拨开飞入眼角的碎发。

怎么一回事？路障，这条路上怎么会有路障？

我的车无法即时停止，自动路障受到电子感应后伸出巨型手臂阻挡来车，在这刹那我童心大发，反而加速，在半秒钟空当钻过两只机械臂。

我哈哈大笑，怎么，难不倒吧，心中不快似乎散去，车子继续往前开。

第二道路障还配了音响效果，距离一近，立刻开始广播："注意，前面危险，注意，危险，请立即回头。"

回头，回到什么地方去?

不过心中也纳罕，难怪一路上看不到有其他车辆，这一段路到底出了什么毛病?

我重施故技，趁铁臂闸下之前加速前往，再一次顺利过关，不过，心已经有点怯。

说时迟那时快，两边支路忽然闪出巡逻车拦截，车上深蓝色的顶灯嗡嗡作响，逼我停车。完了，我想，这下子恐怕要停牌一年半载，我唯一的人生乐趣也报销了，我开始发慌。

我扭转方向盘，想要找个空当好好停下来受制裁，但是两辆巡逻车实在贴得太近，我一时失策，看位看得不够准，车子打横飞出去，直铲向海边悬崖。

巡逻车号角大响，我的心陡然静下来，我不能命毕此地，我不过是出来散散心，一下子就要回家的，不不，我不甘心。

车子性能奇佳，我硬生生再把它转向山边，情愿撞山好过坠崖。

车子擦向岩石，我先觉得震荡，身体似是要迸散出来，随即听见轰隆一声巨响。

我已进入半昏迷状态，心头倒还清楚，并没有太大的恐惧，只见眼前点点金星飞舞，越来越多，越来越乱，终于一阵黑，失去知觉。

# 朝花夕拾。9

## 贰·

我是地球人，
走错空间，
来到这个年代。

我没想到自己还会醒来。

恢复知觉时很怪很怪，第一还原的是嗅觉。

因为我闻到一股难以形容的香味。

这种味道非常陌生，我曾经闻过类似但相差很远的香味，没有这么甜，亦没有那么馥郁，这是什么呢？

我缓缓睁开眼睛，不是撞了车？对，我应该在生命大道的悬崖边，巡逻车上的警员一定会把我抓回去，说不定救伤车也快要到了。

真是大幸万幸，我没有死，也希望不会因伤成为残疾，身上配仪器零件到底不自然，我知道有人引以为荣，但那不是我。

一抬起头，就呆住了。

身上完全没有伤，再扑出去检查车子，车身一个凹印也无。

这是怎么一回事？不可能，我明明在生命大道上出了事。

把车子的倒后镜扳过来看，没错，这明明是我。

我下车，晃动四肢，没有伤。

咦，我在什么地方，这是什么地方？

车子停在一块空地中央，空地上画着一个个白色的格子，恰如一辆车子大小，这是停车场，慢着，我怎么会来到停车场？

地面是黑色的，仔细看后，认得是一种叫沥青的物质，已长久没有用它来铺地面了。

这是什么地方？

四周围的建筑物用红砖建造，如传说中的堡垒，我看到其中一座顶端还冒着白色的浓烟，烟囱！谁家还用烟囱？我讶异得说不出话来，这是怎么一回事？

我从没听说过本市有这样的一个地方。

"你好。"

有人说你好。

我霍地转身，看到一个年轻的男人，站在我附近。

他重复说："你好。"

此刻空气中那种特殊的香味又传入我的鼻尖，一切都是陌生的，我看到的我嗅到的，甚至是这个人，他的衣着累赘，款式奇怪，我知道，我看过照片，母亲小时候，男人就是穿这种衣服。

我脱口问：“你们在拍电影？”

他走近一步：“电影？当然不。”

“这是什么地方？”

“方氏糖果厂。”

“糖果厂？”

“是，你没有闻到巧克力的香味？”他缩缩鼻子，“这附近布满一层巧克力雾，一切都是甜的。”

“巧克力，你重新制成了巧克力？”我吃惊。

“不，”他笑，“可可粉是荷兰化学师云豪顿[1]在一八二八年制成的，怎么会是我？”

“但是可可树绝迹已有许多年。”

他莫名其妙：“小姐，你说什么？”他放下公事包，“你是谁，怎么闯进我们厂房来？而且你这部车子看上去好怪。”

他过来研究我的车子。

太阳落山，四周围的路灯亮起，我抬高头看，天呀，电灯，

---

[1] 云豪顿：范·豪尔顿，Coenraad Johannes van Houten，荷兰化学家及巧克力制造者，发明了可可粉。

一格格的钨丝灯泡，怎么可能，这到底是什么地方？

年轻男子忽然不置信地叫起来，吓了我一大跳。

他叫的是："不可能，这车子竟利用太阳能发动引擎。"

我瞪着他，他瞪着我，两个人心头都有着一大团疑问。

"你是谁？"

困惑中我并没有减低警惕："你又是谁？"

"方中信。"

我看着他，再看看四周围，他叫什么？母亲说，在她小时候，人们喜欢用名字，不喜用号码。震撼感太强了，我像是有点明白，又像是更糊涂。

身为一个知识分子，我心中有点数，惊疑倍增。

他问我："你从什么地方弄来这部车？"

我只得说："实验室。"

"本市有这样的实验室吗？这种车子要是推广，石油还有人要吗？"

"喂，"我摊摊手，"看样子我只得跟你走了。"

他的胆子并不大，缩缩肩膀："你是谁？你还没说你是谁。"

"我是 A600333。"

"小姐，别开玩笑好不好。你看你，头发那么短，服装那么怪，一副新潮女的模样，回家去吧。"他拿起公事包要走。

我急起来："没有你我怎么离开这里？"

他托一托眼镜框子，真要命，还戴着这种东西，近视与远视早已可以做整形矫正，况且在放弃课室教育制度之后，孩子们都不大患近视了。

"我送你出去。"

"我先要收好这部车子，你这里有没有车房？"

"小姐，我为什么要帮你？"

"因为我遇上了你。"

"我怎么知道你是好人还是坏人？"

"即使我是坏人，帮我收好车子也不会碍事。"

他似乎被我吸引，退后一步，仔细地打量我。

至于他，看一眼就知道是个斯文人，大概是个好人，这是我的运气。

运气？闯到这个地方来，还提什么运气。

他终于让步，让我把车子驶进车房，他对这部车充满好奇，赞叹之声不绝。而他的车子，不折不扣是部古董，由柴油发动，要用钥匙打火，嘈吵，糟蹋能源，造成空气污染。

他让我先坐，彬彬有礼，我觉得写意，趁机整理我的思维。

他车子上有一本杂志，用英文出版，叫《财经报告》，一九八五年六月出版，售价美元两元半。我的心跳加剧，要命。

八五年，如果这本书不是开玩笑用的小道具，我再笨也应该知道发生了什么事。关键在生命大道，一定是，我与车子驶进八五年来了，我的天，我手足变冷，这怎么办，我掩住脸。

“喂，你没有不舒服吧？”

我一定面如土色。

我会怎么样，一生流落在八五年？

我的家呢，我的孩子，我呆住，这算是对离家兜风的少妇的惩罚？

“喂，”身边的男士说，“别沮丧。”他自口袋里掏出一块东西递在我手上，“吃块糖。”

我怔怔地看着那花纸包住的东西，多么考究细致的包装，我缓缓拆开花纸，里面还有一层锡纸。包装得这么小心，一定是了不起的名贵糖果。

锡纸轻轻掀开，那股香味又来了，神秘浓郁甜腻，我看到咖啡色状若胶泥般的物质。

他伸出手掰下一块送进嘴里：“吃呀，别客气。”

我学他的样子放糖进嘴巴，它在舌头上便开始融化，香与甜如水银泻地，钻进所有的味蕾。我震惊，天下竟有此美味，比传说中有过之而无不及，我们也有仿巧克力的化学制成品，连百分之一都比不上。

我连忙又再吃一块。

八五年不会太差吧，有这样美味糖果的年代，不会差吧。

我心中略为好过点。

车子驶入市区，他说："怎么，方氏糖厂出品还过得去吗？"我没有回答。

车窗外一切我都看见过，在旧电影中，在书本里，这些七彩的霓虹光管，在嘉年华会中，我们也用来哄孩子们欢心。

我颓然倒向坐垫，要不是嘴里还有巧克力的余香，我会痛不欲生。

生命大道上的路障：危险回头。我没有听从，巡逻车来截停，但没有成功。

我终于来到这里。

"你要到什么地方去？"他问。

太空署的第五空间实验出了漏洞，我做了牺牲者。民众早已风闻这项实验会带来巨大的后遗症，没想到会这样。总有一日，地球会教太空及国防两部玩散。

我握紧拳头。

这件不可思议的事竟发生在我身上。

"小姐，你要到什么地方去？"

心绪乱成一片。

“小姐！”斯文人也不耐烦了。

身边连钱都没有。

这可怎么办？

我同他说：“我不知道要到什么地方去。”

他转头讶异地看我，我刚好涨红面孔，彷徨失措，有压不住的惊惧。

“你从什么地方来？”他问。

“我来的地方，再也回不去了。”我带着哭音说。

“同父母吵架是不是？”

绝不能说实话，我自己也是人，天底下没有比人类更无聊的生物，假使他是外太空高级智慧动物，反而可以把困难与他商量，现在一说出来，他一就送我到精神病院，二就联络有关部门抓我去研究。真教人心神俱毁。

“有话慢慢讲。”

“请问，你刚才说，你的名字叫什么？”

“方中信。你呢？”

“陆宜。”

“陆小姐，我送你回家好不好，大家都疲倦了。”

他已经够耐心。

“我肚子饿，可否请我吃饭？”

他把车子停下来，微笑："我不是浪荡子。"

"我的车子，你那么欣赏它，我把它转让给你如何？"

他的兴趣来了："你有证明文件？"

我顺手取出证据给他看。

他接过，啧啧称奇："印制得这么考究，不像是假的，什么国家？我从来没有见过这个印鉴。"

"附注有英文，你看仔细。"

"双阳市，咦，的确是本市，几时发印的？"

我把文件一手抢回来，心突突地跳。

"双阳市，你也住双阳市？"我问。

"是，这是双阳市，怎么，你不知道？"

地点没有变，只是时间完全不同了。

"请我吃饭，我慢慢说与你听。"

他凝视我，近视镜片后的双眼闪出深邃的光芒，他笑一笑，不答。这人并不是笨蛋。

"好的，"他说，"我们去吃点东西。"

我松口气。

不能失去他，非把他抓紧不可，况且他身上有那么美味的巧克力。

他说："你穿着长裤，看样子我们只好找一个比较随便的地方吃饭。”

为什么？我没敢问。风俗习惯相差五十年，问来无益。

他把我带到一个华美的地方，门口停满汽车，自落地的大扇玻璃门进去，整个大厅用琉璃灯照明，这个地方的耗电量是惊人的，而发电要动用石油，石油价格一向昂贵，没想到他们的生活如此奢靡。

而这不过是一个公众吃饭的地方，要填饱肚子最多花两分钟就够了，何须这样劳师动众。

这里每一个人都认得他，很客气地上来同他打招呼，安排座位给他。

侍者取出无数器皿，菜单有一本书那么长，他问我要吃什么。我说：“随便，越简单越好，啊，对了，我不吃荤。”

我们之中也有些人嗜吃动物的肉，已经被视为不文明的举止。

看样子这一顿饭要吃一两个小时，菜蔬都照原状送上来，嚼起来芬芳脆口，但太浪费时间了，人的生命有限，一天只得二十四小时，一顿饭吃掉两个钟头，还能做什么大事，难怪科技落后，难怪。

他叫一块牛肉，用工具切开，还有鲜红色汁液滴出。我摇摇头，忍不住说：“似你这般斯文的人，却染上这种恶习。”

他也以同样的注意力观察我，说道："吃那么一点点，你不会有气力。"

我不明白他要那么多气力来干什么，大概要努力工作赚取酬劳来吃这种豪华的食物，然后吃饱之后再去努力工作，继续恶性循环。不可想象。

才五十年已经那么落后，我应该庆幸我没有回到一百年前。

无论如何，我一定要设法回去。

据我所知，人类对空间的研究不遗余力，远在一九四〇年，已经有第一个实验，我一定要回去。

吃完饭，我把那块剩余的巧克力取出反复地观看，并且放在鼻端深深地嗅闻，它完全迷惑了我。

我赞叹："难怪十八世纪的植物学家林那欧斯[1]要称之'诸神之美食'。"

他忽然抬起头来："你怎么会知道这项典故？"

我说："因为这是我母亲最心爱的食物，她小时候常常吃。""每个人都吃糖果，但是只有极少数人知道糖果的典故。"

---

[1] 林那欧斯：卡尔·冯·林奈，瑞典文原名Carl von Linné。18世纪的瑞典植物学家林奈把可可树的学名定为 Theobroma cacao，前个词 Theobroma 是希腊文，意思就是"神的食物"。

我看见他那么认真，忍不住说："但我不是普通人。"

他一怔，随即说："讲得对，"他停一停，"不过你对巧克力的认识，不可能胜于我。"

"当然，"我不想也没有心情与他争，"你是巧克力制造商，一个令许多人快乐的行业。"

"你真的那么想？"他欣悦。

我点点头。

"谢谢你，陆小姐。"他似乎觉得无限的宽心。

为了讨他的欢心，我进一步透露我的知识："可可是一五〇二年由哥伦布发现，但它存在于亚玛逊流域[1]已有四千年。在当时，一百粒可可便可换取一个奴隶。"

"完全正确。"他拍一下掌，"没想到碰到同道中人，以往我一同女孩子说起可可豆的历史，她们便忙不迭摆手嫌闷。"

我打蛇随棍上："既然如此，你会不会带我回家？"

"当然，我一早说送你回家。"

"不，去你的家。"

他呆住，过一会儿定下神来，他说："小姐，你真的走投无路了吧？"

---

[1] 亚玛逊流域：亚玛孙河流域，位于南美洲北部，北起巴西布郎库，西起厄瓜多尔昆卡。

“是的，”我恳求，“请求你收留我一夜，我不会给你添麻烦。”

“我不能随便把陌生女子带回家。”

“你已有家室？”

“不。”

“那么破一次例好不好？总有第一次，总有例外。”

他看着我：“你身边没有现款？”

“什么也没有。”

“由我资助你住一夜酒店如何？”

“我害怕。”没有他们的文件，怎么可以到旅馆去。

他摇摇头：“小姐，你说的话太难令人置信。”

五十年前的民风一点也不淳朴，人一点也不笨，尽了九牛二虎之力，我也无法说服他。

我赌气：“好吧，让我去死吧，希望你有一日流落异乡，尝一尝这种滋味。”

“我可以帮你，你自哪个国家来？我带你到使馆去。”

“我是你的同胞。”

“你的外貌确与我族一样。”

我恼怒：“世界已经大同，战争早已停止，癌症也已治愈，看你，连收容同胞也做不到。”

他想了很久：“那么请告诉我，你额角中央那一块直径约五厘米的金属片，是什么东西？”

我听，心都凉了。

我怎么会遇上一个这么聪明的人！

“你不会以为我看不见吧？”他追问。

纷乱中我说：“这是女阿飞的装饰品，最新打扮。”

“你是女阿飞？”他失笑。

我急他不急，好整以暇地叫侍者拿红茶来。

愁肠百结中我说：“加多一杯。”非得尝一尝母亲时常怀念的红茶是什么滋味。

他狡猾地说：“如果是装饰品，可以取得下来。”

我倒出茶，喝一口，非常苦涩，不喜欢，加上牛奶与白糖，味道仍然比不上茶晶，可见有时候科技会倒腾。并且桌上已摆满喝这一小杯茶用的工具，足足十来款，实在太啰唆。

“不爱喝？”他问。

我摇摇头。

他把茶喝光，结账。

“走吧。”他说。

“到什么地方去？”

“我的家。”

这个时候，轮到我迟疑。跟他回去？

第一眼看见他，我已犯下轻率的错误，他的外表是那么老实，蒙蔽了我，以为可以支使他为我做事，谁知一顿饭下来，发觉他占了上风。

但是此刻不跟他走，根本没有第二条路。

我抬头看着天空，在城市强力灯光照耀下，天际呈一种奇异的灰色，怎么看得到星宿？

我只得跟他走。

我们上了车，向郊外驶去。

他像是知道我的心事，掉过头来安慰我："你放心，我不是坏人。"啼笑皆非，白比他先进五十年，却拿他没辙。

忍不住回答："当然也不会是好人。"

"可不是，人性肯定有坏的一面，但亦有好的一面，倘若黑的墨黑，白的雪白，那还有什么味道？"

在这种时候他还说教，气我。

郊外路的曲折比生命大道有过之而无不及，一路上有美轮美奂的建筑物，看样子都是住宅。行驶约二十分钟之后，车子停住，我看到一座小小的白色平房。

它没有期望中那么堂皇，我早已猜到方中信是个有钱人，只是不知他的财富到达什么地步，如今不禁有点失望，因为随着金钱而来的是权势，如今我身处困境，非常需要有财有势的朋友。

我们可以成为朋友吗？我存疑。

在这个角度，我看到天边挂着的月亮，地球唯一的卫星。

“请进。”他说。

他似乎是一个人住，但是地方打扫得非常整洁，柜内摆着各式各样包装的糖果样板，琳琅满目，恐怕有好几百种。

我跟着他进房，他指一指：“你今夜睡这里。”

我点点头。

他走了之后，我关上门，研究好一会儿，才知道门锁的关键在什么地方。

房内有无数巧克力盒子，我对自己说：不要客气，打开来便吃。这种糖产生安抚作用，含着它心神稳定许多。

我非常疲倦，倒在柔软的床上，睡着了。这是我在这里的第一夜。

不知家人可有想念我，不知有关部门有无通知他们我已经失踪。

第二天清早，他拍门把我叫醒，恐怕要赶我走。

睁大眼睛，才看见床头搭着件女用浴袍，起床，又发现一双粉红色的纱边拖鞋。

哼，我还以为他是正人君子。

一整夜他在我面前水仙不开花，引我入壳，他巴不得带我回来，欲迎还拒，倒叫我苦苦哀求他。

我去开了门。

他探头进来："睡得还好？"

"床太软，一切脊椎病都自软垫而来。"

"舒服呀，吸烟危害健康，但是一种享受。"他笑。

我吃惊，原来他可以变得如此嬉皮笑脸。

他的目光投到空糖果盒子上："你真喜欢巧克力，是不是？不过不怕，你找对了人了。"

他在我床前一张沙发上坐了下来。

我警惕，干什么？

他托一托眼镜框子，收敛笑容，他说："现在你可以告诉我了，你从哪个星球来？"

我？

"我会替你保守秘密。你有什么超能力？你的飞行器收在什么地方？你来到地球，有何企图？"

我傻了眼，他把我当作天外来客！

"昨夜我带着技师检查过你的车子，这断然不是任何实验室可以制造得出来的，他们估计要待五六十年后，才能够大量出产这种太阳能车子，届时全部石油生产国家会得宣布破产。"

我坐下来，静静地说：“你讲得对。”

“那么你来自哪里？”他紧紧追问。

我说：“科技只比你们进步数十年，就可以做宇宙航行吗？你想想看。”

他呆住。

“我是你同胞，我也是双阳市市民。”

他缓缓摇头：“我不相信。”

“答应我不会伤害我。”

“我保证。”他举起手。

他保证，他说他保证。信一成已经太多。

今日他不必上班，换过一套打扮，衣服花哨许多，比昨日英俊，也失去昨日的沉实，服装对人竟有这么大的影响。

他见我犹疑，又说：“如果我不遵守诺言，叫巧克力在这世界上绝迹。”

他这话一出口，我哈哈大笑起来。

他恼怒：“别以为这个誓言可笑，我方家靠制糖为生，已有百年历史，没有巧克力，也就是没有我们。”

这人唯一可取的地方，便是天真，我对他的戒心松弛许多。他说：“地球人并没有你想象中那么可怕，你可以相信我。”

“我太知道地球人。”

“你专门研究过我们？”

“不，我自己就是地球人。”

他叹口气：“好，我不勉强你，不过记住，我不会出卖你，我是你的朋友。”

我松口气，他不逼我就好。

但他忍不住又问：“你原形是怎么样的？”

原形？

“在我眼中，你是一个美丽的女子，当然你原本的皮相不可能是这样的。”

“你的意思是，我是一束电波抑或是一条八爪鱼？”

方氏鼓起勇气：“你是什么？”

“我是一个无用的女人，一点超能力也没有，我的职业只是为国家图书馆编撰选购书本。”如果我是科学家，还可以提供一两条商业公式帮他发财。

可惜我是书生，百无一用。

方中信并不相信我的话，他叫我吃早餐。

老式的食物真是香，我的胃口并不见得好，心事太多太重，我急于要回去，孤掌难鸣，怕是需要他的帮助。

早餐桌子上，有一大束紫罗兰。

我说：“把花割下是很残忍的一件事，植物也有知觉，相信你们也已经知道。”

“是，有人做这样的研究。”

客厅地上铺着一块兽皮，更使我生气。

“还有，剥兽皮更无人道，为什么你们还要坚持？”

“这只是一块羊皮，别过分好不好？”他跳起来。

我不响。

过半晌他说：“看来你心颇善，不会残害地球人。”

我叹口气。

“你是如何流落在我们这星球的？”

我反问：“你为何不去上班？”

“我是老板，请一两天假总可以吧。”

“可可现在什么价钱？”

“一吨两千二百美元。”

“价格会再上升，你要当心。”

“我们已在留神注意。”

“它会绝迹。”

方中信一怔，然后笑：“别开玩笑。”

“那是因为你们不珍惜现有的一切，可可活着的时候你们不关注，任由土人把弄生产，也不提供改良种植法，终于嘭的一声，可可变为传奇，不再存在。”

“什么，你是预言家吗？”他跳起来。

“我说的都是事实。”

“你是说，方氏家族生意会宣告完蛋？”

我点点头。

“我不相信。”

我耸耸肩，谁期望他会相信。当年挪亚说破嘴，也无人肯跟他上方舟，我是谁，他干吗要听我。

他又担心：“真的？”

我笑。

“向我证明你所说属实。”

“不要试探我。”

“额头那一小片金属，是你的通讯仪，是不是？”

我闭口不语。

“如果你坚持不说老实话，别期望我帮助你。”

“我是地球人，走错空间，来到这个年代。”

“说下去。”

# 朝花夕拾

## 叁·

巧克力含一种化学分子，

当人堕入情网，

他的脑子会分泌同样的分子。

他声音中没有太大的惊奇，增加我的勇气。

“只是走错空间？”他可以说是失望，“这简直是陈腔滥调，你至少应该来自土星。”

“我的世界比你晚五十年！”我站起来。

“爱因斯坦先几十年已经说过，如果人走得快过光的速度，就可以看见过去或未来的世界，这有什么稀奇？”

我哑口无言，我还以为说出实话，会吓死他，谁知他还嫌不够辣，不够刺激。

我气馁：“是，我不是来自蟹云星座的千年女皇。”

“别自卑，”他说，“已经是稀客了，你来自什么年份？”

“二〇三五。”

“那时的世界是否进步美丽得多？”

我哼一声：“区区五十年，以人类缓慢之足步，你以为会好多少？”

“至少有太阳能汽车。”

“太阳能早就有了，只是不高兴推广给民众用而已，飞在太空的卫星都配备太阳能。”

“战争呢？”

“战争是胶着了，大仗小仗都不开……喂，我才不高兴当你的水晶球。”

“你是未来世界的人。”

“是。”

“迷了路。”

“是。”

“老天。”他问，“你的名字叫什么？”

“陆宜。”

“你有随身证明文件？”

我把身边所有的文件全掏出来。

他一件件翻遍，看得很仔细很详尽。

“我信你，”他说着，自书架子取出一大堆书籍，“我相信先知的话，我是科幻小说的信徒。但是我不知该怎么帮你。”

“联络你的国防部。”

“你不明白，双阳市没有国防部，双阳市不是一个国家，你忘了？”

啊是，我如堕入冰窖中。

“况且今日的科技如何能把你送回明日的家中？”

我的面色转为灰败。

“但是别担心，我会照顾你的起居，来，吃块杏仁巧克力。”

我说：“你不明白，我有家庭，我是个已婚女人，有两个孩子。”

“我明白。”

“你明白什么？你这个看科幻、做糖果的花花公子。”

“喂。”他愤愤不平。

我奔回房中，关上门。

只觉得前途茫茫，悲从中来，忍不住哭泣。

那么大一个人失踪，他们总得搜索，一定得通知我的家人，还有，丈夫与我的感情再不好，也得表示关怀，不能让我就此消失在地球上。

苦是苦在我没有消失，我仍存在，只是倒退五十年，来到这种落后地区，吃顿饭都要花上两三个钟头，俗语骂人：你越活越回去了。可不就应在我身上。

我万分苦恼，怨气冲天。

方某在门外说：“既来之则安之。”

“我不会安之若素，这里还有战争，还有癌症，你们愚昧无知，我不要同你们生活下去。”

他在门外也生气了：“你这个小女人，好不势利，照我看，你并不比我们进步多少，却开口闭口侮辱我们，把我们当猎头族土人办，你当心我把尊头切下来祭祖。回不去了还这么放肆，可知你们那儿社会风气多么坏，你好好地想清楚，再不高兴，你可以拿了你的车子走。”

我痛哭起来。

他还不罢休，简直像保卫地球：“你并没有利用价值，不必担心我把你卖到马戏班去。”

他离去。

整间屋子静下来。

我开门出去取水，只觉得水龙头里的冷水有异味，不敢喝，想做茶，不会弄，手足无措，悲从中来，无限凄凉，要不，就顺从落后生活，见一步行一步，要不就一头撞死。身为超时代的人，应该提起勇气。

渐渐冷静下来。

我连替换的衣服都没有。

找遍全屋，发觉他的衣橱中有一两件女装衣裳，形状古怪，难以上身，看了都令人沮丧。

母亲还一直说她小时候，女人穿得似一只孔雀，百闻不如一见。

我待在屋里，找到大量的书，却看不到有电子朗读机，我已疲惫不堪，哪有心思睁大眼睛逐个字读书，只得放弃。

想听音乐，方家的音响设备看上去很复杂很陌生，不知如何发动，也作罢。

一点安慰也没有。

我试图静下来，集中精力，闭上眼睛，却什么都看不到听不见。当然，电流不对，仪器如何发挥效能。我是完全被隔绝了。

“为什么不看电视？”一个冷冷的声音传过来。

是方中信，他回来了。我如看到亲人般，但又不想被他知道我这么热情，故此冷冷地别转面孔。

他叹口气：“我知道你难过，设想回到五十年前去，连潘尼西林[1]都没发现，怎么生活。”

我不出声。

“但五十年前也有好处：家人间的关系比较紧凑，民风淳朴，生活节奏缓慢。人们多数懂得享受闲情……不是不可以习

[1] 潘尼西林：青霉素，Penicillin，或音译盘尼西林，是抗生素的一种。

惯的。”

我呆呆地坐着。

“我相信你那边的科学家不会让你流失在此，这于逻辑不合，多可笑，试想想，你会比你母亲年长，这成何体统？”

我缓缓地掉头过去，看牢方中信：“你说什么？”

“令堂比你年轻，不是吗？”

我非常震惊，我怎么没想到，自然是，母亲今年才五岁，这是不易的事实。

“你母亲住在双阳市？”方中信也吃惊。

“不但她住这里，我的外祖母也住在这里。”

“我的天，你可以去找她，你可以看到她。”

“不。”我害怕。

“为什么不，你一点也不好奇？是我就不怕，这真是千载难逢的机会，你怕什么，那是你妈妈。”

“不不不，”我叫起来，“不。”

“镇静镇静。”他过来拍我的肩膀，“不需要此刻发动，想清楚再做。”

我再也忍不住，浑身颤抖起来。

“欸，你看你，太令人失望。”他喃喃地说，“这么窝囊，我还以为你配有死光武器，能知过去未来。”又加一句，“原来同我们一样。”哪里还禁得住他如此奚落我，顿时以手掩脸。

“我在情绪低落时，通常饱餐一顿，没什么大不了，水来土掩，兵来将挡，科学越是先进，人的意志力越是薄弱，试想想，此刻的情况还不太坏，要是闯到茹毛饮血的石器时代去，那才糟糕。”

他已经尽了力气来劝慰我，我抬起头来。

“我口渴。”我说。

“要不要喝点酒？”

“不，不要，给我简单、清洁的水。”

“我听得懂，你放心。”他又不服气起来。

他给我一杯水。杯子用玻璃雕刻，明亮可爱地盛着水，已经是一件艺术品。

他摊摊手：“我喜欢你，我第一眼看到你就喜欢你。”

我喝完水，把玩杯子。

“短头发，紧身裤，最好的打扮。”

我还是闷闷不乐。

“想念孩子？”

我点点头。

“有多大？”

“两个都九岁。”

“孪生子？”

“不是。”

“怎么会？”他睁大眼睛。

“胚胎在实验室长大，同时可以孕育无数个。”

他很动容：“啊，这是一项伟大的发现，女性怀胎实在太过痛苦，长达十个月之久，我听到这个消息太高兴了。”

我对他增加好感，只有上等男人才会怜惜女人，越是下等的男人越坚持他们是两性中之优越者，因为自卑。

我说：“有很多母亲认为要恢复人体怀孕，亲力亲为、亲情增加云云。”

“这是完全不必要的，我见过厂中女职员怀孕操作的苦况，所以本厂的产假特别长，太不忍心。”方中信说。

我赞同：“真落后是不是？号称万物之灵，光是生一个孩子便得牺牲一年时光，吃尽苦头。”

我们俩在这个问题上绝无异议。

“那么，”他终于问到细节上，“婴儿足月才领出来？”

“不错，孕育期间父母可去探望，同托儿所一样。”

“你也是那样出生的？”

“是，我是第一代。”

“普遍吗？”

“每个小家庭都想有一子一女，成人得利用每一分力气投入社会，怎么可以奢侈到坐在家里安胎。”

“说真的，在今日，也已经有许多职业女性无暇在青春期养育孩子。”

“会得有解决的办法。”我说，“稍等二三十年便可。”

他苦笑：“长夜漫漫。”

我才是不晓得几时天亮。

“跟我出去走走？”

“你是决定收留我了？”

“还有什么办法，助人为快乐之本。”

“我会报答你的。”

他看我一眼：“算了。我还要先在你身上落重本。”

他带我去买衣服。

走到时装店才真的叫人发呆。

我完全没有主意，方却似个中好手。他一定常带女朋友来选衣服，不然不会混得这么熟。

他帮我选了一大堆白色的衣服，牵牵绊绊，宽袍大袖，我都不肯试，这样下去，我同其他女友有什么分别，真是哭笑不得。

他说：“你别狷介，请松开眉头，我们纯是友谊。”

我仍然无法释然。

“来，走吧，到我工厂去参观。”

“不想去。”

“别钻牛角尖，天下不止你一个人有心事。”

我无奈，只得跟他走。

他的厂是一个美丽的地方，我当它是名胜区。

孩子们若能来到这里，不知道要高兴到什么地步。

方中信同我说：“你没见过新鲜的可可果吧，像榴梿，味道似喝花蜜一般，只有当地土著才享受得到，我在巴西的巴哈亚郡住过一星期，吃过一个，毕生难忘。

“可可离开本家就身价上升，本厂采用的原料来自纽约的交易所，位于世界贸易中心。人离乡贱，物离乡贵。

“来，我们进入第一号厂房，在这里，发酵后的可可经热力压力变为巧克力酱。别老皱鼻子嫌洛后好不好，什么，香？当然。

“巧克力作为糖果吃是一八四七年才开始的事，富丽斯、吉百利[1]、高达华[2]、云豪顿[3]……这些都是举足轻重的名字。

---

[1] 吉百利：吉百利史威士股份有限公司（Cadbury Schweppes）是一家国际性公司，集团公司总部位于英国伦敦，主要生产、推广及分销糖果（巧克力、糖制糖果、口香糖等）及饮料产品。

[2] 高达华：歌帝梵，Godiva，起源于比利时布鲁塞尔，有巧克力中的劳斯莱斯之称。

[3] 云豪顿：万豪顿，VAN HOUTEN巧克力，瑞士品牌，以西非迦纳巧克力豆为原料制成。

“别像一条木头似的，来看，在这里，加了可可白脱及糖的溶浆要搅拌七十二小时。像不像童话世界？自小我就期待承继父业，我爱巧克力。看得出来？哦。

“还有，请坐，你知不知道巧克力最神秘之处在什么地方？让我告诉你，巧克力含一种化学分子，当人堕入情网，他的脑子会分泌同样的分子。”

“真的？”我问。

“真的。”

“我相信。”

“来，试一试我们的巧克力吻。”

“什么？”

“吻。”

一小颗一小颗的尖顶巧克力摊在镂空花纸上，刚自机器间出来。

吻。

真浪漫，他们还有这种闲情逸致替糖果取这种名字。

我取一颗放进嘴里，没有取错名字，真如婴儿之吻那么芬芳甜蜜，带有一丝橙香。

如果我能回去，一定要带一些给两个孩子尝一尝，还有母亲，她是那么怀念巧克力。

“好过多了吧？”方中信问我。

我点点头，答谢他的关怀。

他按铃，女侍取来两杯饮料，用银杯盛着。

“喝下你会更舒服。”

我知道这是可可粉冲的饮品，忙不迭地喝一口，烫了嘴，但还是值得的，真不愧是诸神之美食，我舔舔嘴唇，无限满足。

“还可以吧。”

“这样的美食，是否只有你可以供给？”

“通街都有，两角半一杯。”

“孩子们也喝得起？”

“自然。”

“太好了。”

“过奖、过奖，所以，只要钻研一下，你会发觉我们也有些好处。”我向他微笑。

他在他的世界里，恐怕是个吃香的王老五。

他当着我面签署了不少文件，没把我看作外人，我只觉自己身份暧昧，这算是什么？我算是他的什么人？

在急难中，我与他认识才两天，已成为莫逆。

在这里，我只有他一个熟人。

“现在，让我们谈比较严肃的事。”

“是的，”我说，“我怎么回去？”

他狡猾地说：“这个不算重要，刚才你说，可可要绝种，而我方氏的事业会得崩溃？”

“我没说过。”

“陆宜，你对我要老实。”

“你是聪明人，我怎么教你。”

“这间厂有三代历史，职员共三百零七人，要结束也不是这么简单的事。”

“或者你可以安然步入二十一世纪，用化学品代替巧克力。”

“化学品？我不喜化学品，对我来说，不香的花不是花。”

“那你活该头痛。”

他点点头：“能知未来，不一定能够防范，并非好事，简直是不幸。”

他说得对。

方中信开始有心事，是我不好，我不该告诉他那么多。

我问道：“该说说我的事了。”

“我只是个糖果商，陆宜。”方中信说。

“你太蹩脚了，我知道许多故事，有很多地球人肯拼死命把天外来客送回家乡去。”

我抱怨。

“哼。你指那位先生，是的，他肯。”

“谁，你说谁？”

“这件事很复杂，要从长计议。”

他在推搪我。不过他说得也对，这件事不能草率，这像是古代乡间受了怨辱的女子，要去到京师告御状，谈何容易？要一步一步来。他把桌子上的文件一推，像是一天的工作就此完毕。好大的派头。

我们要做到发昏才能拿到一点点薪水，老板连写字楼也不设，发一套工具，人人坐在家中做，每分钟动脑筋，根本没有下班的时候。

我羡慕方中信的生活方式。

他笑：“我知道你在想什么，我也不见得日日这么舒服，有时十点钟还在厂里。”

“你的父母呢？”

“他们在外国。”

年少力壮的当权派，不用说，日子是过得逍遥的。

“来，我们可以走了。”

“我想看看我的车子。”

他有点不好意思。

我马上不悦："你把它拆烂了是不是？破坏，你只会破坏。"

"你且别忙着骂我，我只不过开着它兜了一次风。"

"不问自取，是为贼也。"

"咦，你还懂得用这一句古语？"

"一路流传下来，怎么不懂？"我瞪他一眼，"我告诉过你我是地球人。"

我逼着他把我带到车房去，看到车子无恙，才放下心中一块大石。

我说："不准你的至亲好友再来玩我的车。"

"咄，要同样做一部出来，也不是难事，只是我们还未找到大量生产的办法，你稀奇什么？"

奇怪，这大概是我的错，在二〇三五年，丈夫一开口便与我吵；在一九八五年，方中信也同我吵。

我从前一向未有检讨自己，看样子是我的不是。

"算了，回去吧。"他说。

在回程时他把车子开得飞快，像是炫耀。

我仍然想回家。

将来，当科学进步到可以在空间自由来往的时候，或许我们可以参加五天十天旅行团，随便挑选一个年代去做客人。但来了不能回去，滋味可大大不同。

到了方宅，才推开大门，便有一只花瓶摔过来，差点落在我的头上。

谁？人没有出来已经先声夺人，我已经够烦恼，不要再叫我应付多余的人、多余的事了。

方中信把门踢开，像是应付杀手一样。

我看到一个妙龄女子站在大厅中央，叉着腰，双眼圆睁，瞪着他，当然也瞪着我，她怒火中烧，咬紧牙关，誓死要与我们算账的样子。要命，我想，这一定是粉红色浴袍的女主人，好，如今我水洗不清。

我很疲倦地坐下来。

那女郎与方中信摊牌，哗，性如烈火，一手扯住他的领襟要请他吃耳光，而阿方也妙，一二三伸出手来挡，同她过招，纯熟得不得了，分明是练习过千百次。这是他的老情人，毫无疑问。

怎么这么凶？我与丈夫虽然唇枪舌剑，却从来没有动过粗，太过不堪。

一边腹诽，一边又怕花拳绣腿会落在我身上，痛不会很痛，不过一世英名就此丧尽。

我想表白，又不知这种时候说什么话，惊骇莫名。

只见他们扭在一堆，丑态毕露，似乎还没有进化为人。

刺激过度我忍不住哈哈大笑起来。

她放开他，目标转向我："你这骚货，笑什么？"

我，骚货？

我说："我不是他的什么人，你别误会。"

阿方骂我："没义气。"

那女郎气咻咻地坐下来。"你别让他骗到你，他甜言蜜语，低声下气，什么都来得。"她倾诉。

"不会的，我不会受骗。"

"你别夸口，他花样多着呢。"她警告女同胞。

"不是的，你弄错了，我是他长辈，我们不是那种关系的。"

那女郎静下来，她似乎有点明白。

我留意她的神情，知道危险时期已度过，再转头看方中信，只见他脸上被她抓出几条细痕。

真窘，这家伙已丑态毕露，不知还有什么弱点未经暴露，难为我第一眼看见他，还把他视作英雄。

唉，这年头，女人越来越美，英雄却不复再见。原来五十年前，猛男已开始消逝。

"大家坐下来慢慢谈好不好？"我大胆建议。

那女孩子坐下来，拉一拉扯烂的衣袖，拢一拢长而卷曲的头发。

到这个时候我才看清楚她，多么奇异的打扮：这么长而毫无用处的头发，不知要花多少时间来打理，还有，十只指甲上涂着鲜红的颜色，这又有什么作用？难道她以为这便是美？脚上穿着一双古怪的、有高跟的鞋子，把她身体的重力全部倾向前方，所以她走路的时候，非要把胸向前突，挺直腰板来平衡不可，比踩高跷更难。

我津津有味地打量她，她也在研究我。

她的敌意像是消失了，好奇地问我："你额前那片东西是什么？会闪光。"

我不自在地侧过头去。

"你的头发全部剪光，几乎贴紧头皮，是最流行的样子吗？衣服那么窄，不过料子看上去好像很舒服，你好时髦，你到底是谁？"她趋向前来。

我微笑："我是骚货。"

女郎不好意思起来："你怎么会，你这样好气质……是我误会，你别见怪。"

咦，我倒是喜欢她的坦诚，她这一赞令我飘飘然。

"你到底是谁？"她追问。

我说："我辈分很大，我是方中信的表姑。"

“真的，他从来没同我提过。”她很有兴趣。

我索性同她开玩笑：“你叫我陆姑姑吧。”

她咯咯地笑起来：“这么时髦的姑姑。”

这女郎，忽晴忽雨，高深莫测。

方中信忍耐这么久，实在已经被逼至墙角，大吼一声：“这里已经没你的事，莉莉，你还来干什么？”

莉莉转向他：“我来收拾东西。”

“你还有什么东西在这里？”方冷笑。

“我的心。”莉莉抛过去一个媚眼。

听到这里，我忍不住嗤的一声笑出来，这么肉麻，这么陈腔滥调的打情骂俏。

难怪方中信并不为其所动，一块冰似的态度：“你的心不是飞到朱七身边去了？我听说他在三藩市替你开了一个美元户口，那就是你心所在。”

莉莉不响，在屋内踱来踱去。

我担心她那双鞋，这种刑罚似的道具是怎么穿在脚上的？为什么穿它？

只见她挺着胸，翘着臀部，忽然之间我明白了，鞋是为了夸张她女性的特征而设。

为什么要展览女性的特点？

当然是因为她要用之来吸引男性。我一直推理下去：为什么要急于用原始的本钱来抓住异性的欢心？因为她没有其他的本事，或者其他的能力不够显著。

我明白了。落后，社会风气的落后。

他们对着我继续谈判。

莉莉问她的男友："你是否要我脱离朱某？"

"不，"方中信说，"我同你已经结束，我不是早说清楚了？"

她说："你会后悔的。"

"那是我的事，请你交出钥匙来，别再进来摔东西。"

莉莉变色："我们完了？"

"早就完了。"方中信说。

她不能下台，愣在那里。

我不忍，送她出去。

在门口，我看到她含着热泪。

我拍拍她的肩膀。

她耸耸肩，用手帕印印眼角，"胜败乃兵家常事。"她说。

"能这样想就好。"我说。

"当心他。"莉莉说。

"咦，我是他姑姑。"

"他呀，尼姑都追。"

真夸张，这恐怕也是他们的特色。

“我不怪他，你这么漂亮，这么特别。你瞧你，比我还高……”真是我由我说，她由她说，夹缠不清，啼笑皆非。

她扬手叫了一部车子，我看着她上车。

那种用柴油的车子喷出一大股黑烟，呛得我咳嗽起来，这里的空气污染得几乎不适合生物生存，我双眼已经开始露红筋，喉咙也觉得干燥。

脏与落后似有不可分割的关系。

一转身，看见方中信站在那里。

我说：“哟，你怎么出来了，负心人。”

“出来看你，姑姑。”

我摇摇头：“你们花太多时间在男女私情上。”

“喂，我也想知道，你们把所有时间省下来，又做了些什么？”我竟答不上来，呆在那里。

“也不见得很空闲，是不是？”他笑，“告诉你一个秘诀，时间要挤才经用。”

我拿他没辙。

“来，我们出去吃饭。”

“不。”

“什么？”

“不，我不是你女人中之一名。”

“没有人说你是，即使有，你也不需介怀，你又不打算同人混。他们说什么，你何必关心，你不过是暂来歇脚的，唏，没想到未来世界中的女人迂腐至此，一点都不潇洒。”

我们互相攻击。

“潇洒？同你？你想？”

气他。

“家里可没有东西吃，你不出去，我要出去，我约了人，那位先生，他认识超级强国太空署的首脑。”

我开头是一错愕，随即想起莉莉警告我的话，便笑笑问：“那位先生，没有名字吗？”

“他不喜人家嘴边老挂着他名字，”方中信说，“如果他不能帮你，就没有人能够帮你，这是你唯一的机会。”

“你是一个糖果商，怎么会结识到那位具有异能的先生？”

“我交游广阔。”

我摇摇头。

方中信悻悻说：“狗咬吕洞宾，不识好人心，我告诉你，你别以为自己奇货可居，那位先生对你根本没有兴趣，人家在过去二十年间一直与天外来客打交道，蓝血的人、千年的猫，什么没见过，你以为约他那么容易？费尽九牛二虎之力。我父亲同他岳父有交情，在他结婚那一日，我们特地请巧匠以手工做了一批酿酒的巧克力糖去祝贺他，那批糖共有六十二款，花了六个月时间制成，嘿，这次见面，还是通过他夫人约的，你爱去不去！”

我不敢作声。

“还有，这次我还要捧一樽五四年波多白葡萄酒去做见面礼，这瓶酒我以两万八千美元在苏富比拍卖买来，平时只舍得取出摸一摸瓶子，你明白吗？”

猥琐，我竟落在这种小人手中，时耶命耶。

我吐出一口气：“我们去吧。”

# 朝花夕拾。，

## 肆·

年轻人没有一天不笑上十次八次的，
烦忧那么远，生活是享受，
没有什么了不起的事。

约会的地点是那位先生的家。

地方非常宽大，布置朴素而雅致。他的夫人高贵、大方、美丽、温柔。

她没有说什么，但目光、神情，都安抚我，她像是什么都知道，什么都关心。

那位先生走入书房，淡淡地与我们打招呼，方中信将那瓶酒献宝似的呈上，但是那位先生看也不看。

方中信受了委屈，斜斜看我一眼，像是说：瞧，都是你，都是为了你。

我没好气。

他们之间有一句没一句地闲谈着。

那位先生个子很小，样子顶普通，不知怎的，神态有说不出的疲倦，一直用手撑着头，另一只手则握着酒杯，缓缓地喝完一口又一口，心不在焉地“嗯、嗯”，敷衍着老方。

我有点发急。

那位先生对我的故事，像是没有太大的兴趣，根本没有多大的心思听。

渐渐我失去信心，要不是他夫人那温婉的眼神，我早已离去。

坏。

坏与落后也有不可分割的关系。

我要是能哭的话早就哭出来。

终于那位先生的眼光落在我身上。

“怎么，”他问，“陆小姐有家归不得？”

我连忙恭敬地答：“是。”

他似是司空见惯：“是二〇三五年？”

“是。”

他的语气颇为同情：“蛮尴尬的。”

我点点头。

“在我年轻的时候，也见过许多异乡客。”

“我想回去。”

那位先生笑：“或者可以找小纳尔逊谈谈。”

那又是谁？这样人好神秘。

那位先生说；“其实情形并不算太坏，陆小姐贵庚？”

“二十六。”

“过五十年也可以返家乡了，届时你七十六。”他说。

我嚯地站起来，要同他拼命，在这种时候还戏谑我？

方中信把我按住。

那位先生抬起头来：“为什么那么计较时间上的得失？”他双眼透出苦涩，不像是轻薄，“甚至是一切得失？”

原来他是哲学家，我为他的眼神感动。

我呆呆地看着他。

或者他有无限的能力，但在这一刹那，我非常同情他。

那位先生指着我额头说：“那是你的接收器吧，自幼种植，与脑部相连。”

“不，”我说，“这是学习仪，儿童在入学时期才植入皮下，与电脑相互感应，我们的电脑没有荧幕，靠电波通消息。”

那位先生摇摇头：“不，这是一具追踪仪。”

我赔笑，心想：先生，我应当比你更清楚才是，怎么倒与我争辩起来了？

我婉转地说：“不会的，我们自小运用它吸收知识，所以早就废除课堂学习制度。”

那位先生还是摇头。

他说："你们的政府欺骗了你。"

一边的方中信听得入神。

我完全没听懂，这位先生比我更像未来世界的人，想象力跟宝石蓝似的。

他跟方中信说道："我累了。"

我与老方只得站起来告辞，不敢再留。

他的夫人送我们到门口，她轻轻请老方"代为问候令尊令堂"。老方唯唯诺诺，我们结束这次访问。

我与方中信在夜空下踱步。

我说："那位先生名不虚传。"

"嗯。"他说。

"还有巧克力吗？"

"你会喉咙痛。"他把糖递给我。

"已经在痛，"我拆开纸包吃，"无论他是否能够帮到我，我都说他是个难得的人物。"

"近几年他有点懒洋洋，好奇心也减退。"

我问："是不是已臻化境的人都是那样？"

"我不知道。喂，那真的只是你们的学习仪？我以为会有莱泽光[1]束射出来。”

我白他一眼：“你才全身发光。”

“是，我的魅力。”他扬扬得意。

即使有一万个缺点，方中信仍是一个热情天真的人。他是一个快乐人：世袭的事业，又投他所好，无忧无虑的王老五生活，兼有幻想的嗜好。

“想家？”

我点头。

“跟先生的感情很好？”他问得很自然。

我顾左右而言他：“回去的时候，该把巧克力藏在哪里？”

“在你们那头，走私可算犯法？”他反问。

他送我回家。

这是在这里的第二夜。

之后我决定不再切切计数日子，免得更加度日如年。

那位先生曾说：等五十年好了。时间总是会过去的，届时我还不是会回到家乡，我七十六岁，母亲五十五岁。

要不就反过来想：我二十六岁，母亲才五岁。

---

[1] 莱泽光：激光。激光最初的中文名叫作“镭射”“莱塞”，是它的英文名称LASER的音译，是取自英文Light Amplification by Stimulated Emission of Radiation的各单词头一个字母组成的缩写词。意思是“通过受激辐射光扩大”。

唉，最爱同我们开玩笑的，一向都是时间。

趁着夜晚，我集中精神思考。

母亲这些年来向我倾诉的絮语，我从来没有集中细听。

在我十三岁那年，政府创办青年营，大家都去寄宿，与父母的距离无形中越拉越大。

我只知道母亲是孤儿，外祖父在她出生前便离开她们母女，外祖母在她很小的时候患病去世。

在那个时候，什么病都能夺去人之生命，尤其是癌症，猖獗得离谱，每每趁人在最年轻最有为最不舍得离去的时候来制造痛苦。

外祖母是什么病？

我搜肠刮肚也想不到那专用名词，因该种病不再发，渐渐也湮没不为人知。

是什么？

外祖母去世那年，母亲有多大？

她说她很小很小，在念书，是，幼儿班。一种很有趣的学习方法，孩子们共聚一堂，唱唱歌拍拍手，学单字以及画图画，通常因为他们在家无聊，父母派他们去那里找点欢乐。

他们七岁便要正式入学。

那年母亲应该在七岁之前。

不会是五岁，不会是现在吧？我惊恐地想。

双阳市这么大，怎么去找她们？

“还不睡？”

是方中信。

我开了门。

“睡不着。”

“别想太多。”

我们在沙发坐下来。

“那位先生会替你想办法的。”

“谢谢你。”

“谢我？”

“是，为我花那么多时间心血。”

“喂，大家是朋友。”

“我一直诋毁你，对不起。”

“我也不见得很欣赏你，老嫌你不是冥王星公民。”

我们相视而笑。

“很不习惯吧。”他同情我。

“是，你看，我脸上忽然发出小疙瘩来，水土不服。”

他探头过来细视：“你吃糖吃多了，虚火上升，这两日来你最低限度吃下两公斤的巧克力。”

“会有这样的副作用？”

“自然。”

我懊恼：“真怕在你们这里惹上不知名的细菌。”

他莞尔：“是，我们这么脏这么落后。”

我不作声。

他问：“在你们那里，是否已经全无黄赌毒贼？”

我支吾：“总而言之，比你们略好。”

他叹一口气：“抑或你根本不关心社会情况？像一切小资产阶级，住在象牙塔之中，与社会脱节，只关注风花雪月？”

我微笑：“你呢，你又知道多少？对于低下层的悲惨生活，你难道又很关注？叫你描述八五年双阳市贫民窟中之苦况，你是否能做详尽的报告？你不过活在巧克力的甜雾中，与莉莉这样的女伴打情骂俏。”

轮到他沉默，他说：“我也是社会活生生的一分子，社会也需要我。”

“是呀，”我说。“我俩谁也不要挖苦谁。”

方中信说：“换言之，我与你是同族人。”

我们大力握手，终于消除隔膜。

“你说你在图书馆工作？”

“嗯，每天我听两本书，上午一本，下午一本，有时书本坏得令人昏昏欲睡，字句无论如何不入耳，简直会反弹出来。”

“听？不是看？”

“视力太吃重，所以用仪器读出，孩子们特别喜欢，他们很爱听书。”

“我明白，像无线电。”

“可是电台净播垃圾，书本可以自己挑。”我提醒他。

“嗯，是。”

“老方——”

“老方？”他怪叫起来。

我笑：“怎么，不习惯？我不会像莉莉那般娇嗲，我们是兄弟。”

他也认命，挥挥手：“你想说什么？”

“在双阳市要找一个人，怎么着手？”

“办法很多，当然，先要看看你打算找的是谁。”

我沉默。

他一猜就猜着，聪明人即是聪明人：“你母亲？”

“母亲太小，我要找的是外婆。”

“你猜你外婆大还是你大？”他问。

听听，这种问题要不要命。

我答：“可能我还要大一点点。”

“她叫什么名字？”他说。

我不知道。

我呆在那里，我竟不知道。

“什么，你不知道？太没心肝，又不是祖宗十八代，可以有充分理由忘记，她是你的外婆！”方中信生起气来。

“有几个人可以一下说出他外婆的名字？”

“我可以。”

“你怎么同，你祖上留下多少东西给你，你承受他们一切福分，当然要牢牢记住，而我外婆是一个最最可怜的女子，一早遭丈夫遗弃，又在二十多岁便罹病逝世，谁耐烦记住她的名字？”

老方拍案而起：“进步，这叫比我们进步？你们太势利太可怕。”他骂对了。

我羞愧地低下头。太忙着个人的前途，太以自我为中心，不但连外婆的名字没有注意到，甚至是母亲的也疏忽。

难怪她那么寂寞，又缺乏安全感。

“怎么，未来世界中，老人的地位降至零？因为有人工婴儿，因为有青年营，所以更不需要老人？”他责备我。

我的心炙痛。“不，”我说，“社会鼓励敬老，是我不好，我是凉血动物。”

懊恼要吐血。

为什么不好好听母亲倾诉？并不是忙得完全抽不出空来，并不是没有时间，为什么随她自生自灭？

“想呀，追思呀，她叫什么名字？”

我悔极而笑：“或者我可以打电话问母亲。”

方中信一听，呵呵哈哈大笑起来。

一直谈到半夜才睡。睡梦中隐隐听见外婆叫我。

“爱绿，爱绿。”她有一张跟我长得一模一样的面孔，声音充满怜爱。

如何会叫我爱绿？我从来没有见过她，她如何会入得梦来？醒来时泪流满面。

一照映象器，看到自己脸容黯淡，黑眼圈，满下巴小疱疹，吓一大跳，怎会变成这样？数天间就老了，这里一年等于二十年，此刻的我，看上去真会比我的外婆老。

我忍不住鬼叫起来。

方中信冲进来，问道：“怎么回事，做噩梦？”

“比噩梦更惨。”我用手掩住脸诉苦。

“你又没好好地吃，又不肯好好地睡，欸，习惯就好了。”方说。

“永远不会。”我呜咽。

“想起来没有？”

“没有。”

“令堂尊姓大名？”方中信问道。

“她姓邓，邓爱梅。”我说。

“你姓陆？”

“是。”

“你跟你父姓？”

“还有别的选择？”

“当然，你可以随母姓，令堂可能是随令外祖母姓，你懂吗？”

“你用白话文我就懂。”我白他一眼。

“喂，”他说，“我不过是想帮你。”

“你的意思是，照邓爱梅三个字去找我外婆，可能永远找不到？”

“对了。”

“那怎么办？”我愁容满面。

“总有点蛛丝马迹，仔细想想，又不是急事，看样子，你起码还要在此地住上一年半载。”

“闭上你的乌鸦嘴。”

“你又来了，从没见过如你这般刁泼的女子，动辄骂人。”

他教训我。

“对不起。”我气馁。

他叫我用早餐。

这人似乎喜欢吃烤面包。

制造半公斤面包，把种植麦子、辗转运输、加工生产消耗的能量加在一起，大概需要三千卡路里[1]，而方中信吃下这半公斤面包之后，所产生的劳动量，只相当于一个半卡路里。

多么疯狂。所以像面包那样的食物，受淘汰是必然的。

最重要的是，它不好吃。

我连喝两杯清水用来洗肠胃。

什么都不惯，一切生活上琐碎的惯性用具他们都没有，他们所用的瓶瓶罐罐多得恐怖。方中信的头发比我还长，光是用在头发上的用品有四五种，每天起码花上半个钟头，还要用热风烤，而结果不过如此。我不认为他是空前绝后的美男子，但话得说回来，他长得不错。通话器零零零地响了，他跑去听。

这具小小的东西绝对不管什么时间，爱响就响。

奇怪的是，方中信似乎对它绝对服从，一响就去接听，不

---

[1] 卡路里：简称卡，缩写为cal，能量单位。由英文Calorie音译而来，其定义为在1个大气压下，将1克水提升1摄氏度所需要的热量，1卡路里约等于4.186焦耳。

管在看书、吃饭、假寐、谈话，总是以它为先。

在我们那里，通话器每日操作时间限于早上九时至十一时，其余的时间，纯属私人用，无论什么急事，都得等到明天。

很多人还说九时至十一时时间太长，要改为九时至十时才妥当。

只见他对牢话筒叽叽咕咕地说一大堆话，越来越不耐烦，越来越大声。

“我说过我有事，不，不可以，不是莉莉，你别管，看，我很忙，就此打住，好不好？”

那边好像还在恳求。

他又说：“我们只是普通朋友，我对你没有意思，你这样子下去，叫你丈夫知道，没有好处，再见。”

他挂上通话器。

我有点吃惊。

原来除了莉莉，他还有别的女人。

他活得不耐烦了，这样子玩火，有什么好处，迟早出事。

而那位太太，为什么这样糟蹋自己？是什么促使她与不相干的男人接头，牺牲自尊？女人的地位竟这样低，这是我另一个发现。一个个好像没有男性便活不下去似的，真奇怪。

方中信回到桌子来，若无其事地继续吃他的早餐，忽然接触我的目光，叫起来。

“干吗瞪着我？我同她没有关系，是她要缠着我，你当我是什么，女人杀手？”

我冷笑：“你不给她某一个程度的鼓励，她会那么死心塌地？”

“她有神经病。”

“别对着女人说另外一个女人的坏话，我是文明人，早已不信幸灾乐祸。”

“嘿，真冤枉。”

“你以为这好算风流？”我硬邦邦地说，“这是下流。”

“有完没完？够了没有？”方中信恼羞成怒，“你是教化官？”

也许我不用替女方不值，也许她还觉得顶享受。

也许她认为爱情就得这样，也许她还觉得像我这种性格的人，根本不懂感情。

一个愿打，一个愿挨，旁人哪管得那么多，爱看就当看戏，不爱看拉倒。

方中信叹口气：“你懂得什么，似你这种理智第一的人，有什么快乐？”

我反而笑起来，也不欲与他分辩。是，没有快乐，快乐属于一堆烂泥。

“我怎么敢见她，她丈夫扬言要将我炸八块。”方中信招供。

我大笑。

多亏叫我碰到这么幽默的一个人，否则流落异乡，苦也苦死。

“我认识她的时候，并不知她有丈夫。”

我默默点头：“她是莉莉之前，抑或同时进行之爱人？”

“之前，当然是之前，你把我看作什么样的人？”好像还很委屈的样子。

“咦，你甩了许多人。现在的女友是谁？”

他不响，看我一眼。

我用两只手掩住胸口：“不！”

他实在忍不住：“别臭美了好不好，我要看上你的话，真叫可可豆绝种。”方中信发起毒誓来。

“老方，我只不过开玩笑。”我吐吐舌头。

他正欲教训我，大门的门铃剧烈地响起来。

他去开门。

我十分好奇地探头出去看，心中有第六感，知道来者不善，善者不来。

门外是一个中年妇人。

年龄绝对比方中信大，不但大，而且大很多。

但是她美。

她长得极高大，皮肤白得似羊脂，脸上亦没有血色，四十上下，穿一件黑色的袍子，身材玲珑浮凸，袍衩很高，露出肥硕的大腿，黑白相对，简直耀眼，连我都看得张大了嘴，垂涎欲滴。

不得了不得了，我贪婪地把整个身子探出去打野眼。

她一手把方中信推开，走入屋来，坐在沙发上，点起一支烟，深深吸一口，缓缓喷出来像雾又像花。

像莉莉一样，她手指甲上涂着颜料，脚上高跟鞋一晃一晃，像是随时会跌下来，十分刺激。

我经过莉莉那一役，已经习惯，这次完全抱着观光客的心情来看这场精彩的独幕剧。

方中信："你怎么又来了？"

"你想要老娘？"

"我怎么敢要你，我还要命呢。"

"我倒是豁出去了。"

"那是你的事，我方家三代单传……"

她抬起眼睛，目光如电，闪出哀怨、恼怒、娇媚、风情、诱惑等无数的信息。

我看得呆住。一双眼睛是一双眼睛，怎么会有这么丰富的感情。我以为眼睛只是用来看世界的，谁知竟能说话，不不，应该是打电报。她这一抬眼，看到我，忽然也呆住，目光直勾勾落在我身上。我有点不好意思，略略收敛自己，做取起杯子喝水状。

她失声："这是谁？"

方中信沉默。

我想说我是姑姑，但没开口，她不会相信，她比莉莉老练一百倍。"怪不得。"她又说。

方中信开口："你明白就好。"

他们两人说话似打哑谜。

但是她眼中晶光渐渐消散，一手按熄香烟。

"我明白了。"

"这对大家都好。"方中信说。

她长长地吐出一口气，光是这一声叹息，就能叫人销魂。

她站起来："好好好，罢罢罢，败在她手中，也不算不明不白。"

我觉得不对："喂，你说什么，你别弄错，我不是他的什么人，我有丈夫有孩子，你听我说。"

她呆呆地看看我，仍然是那调调：“方中信，你真有办法。”

我气急。

她忽然很怜爱地对我说：“小妹妹，珍惜你的本钱，好好抓紧机会，别便宜他。”

我还没来得及回答，她已飘然而去。

他妈的这方中信，如此利用我，实在不要脸之至，乘人之危，但谁叫我住他的吃他的穿他的，谁叫我没有独立的本事。

方某得意扬扬，安然脱难。

他说：“谢谢你。”

我也一句回去：“不客气。”

这次他端详我良久，说道：“你好像不知道自己长得好看。”

“我不知道你说些什么。”我没好气。

他吁出一口气：“不知道更好。”

“你打不打算帮我寻找家人？”

“你连他们名字也不知道。”

“我母亲叫邓爱梅。”

“你叫我怎么办，在报上登则广告：‘五岁的邓爱梅小妹妹，请注意，你二十六岁的女儿急欲与你会晤’？”

“诸如此类。”

“嘿，你真是天才。”

“今天你亦不用上班？”

“我去了谁陪你？”

“不用你，我想自己出去溜达。”

“当心、当心、当心，迷路怎么办？”

“我已经尝到最可怕的迷路，还怕什么。”

“我们再谈谈巧克力的制作。”

“今天不想说这个。”

“好好好，我陪你出去。”

“不要你。”

“我远远跟在你身旁好不好，绝不打扰你。”

他对我倒是千依百顺。

我出门缓缓散步，天刚下过雨，仍然闷腻，最好马上洗澡，但是洗完之后不到一会儿又打回原形，好不讨厌。

方中信遵守诺言，远远落在后面，并没有跟上来。

前面斜路上有一大群孩子迎上来，他们穿着一式的制服，活泼地笑着，年纪十岁至十多岁不等。

一定是学生，他们每天集中在一个地方受教育，不辞劳苦，为求学习。

但他们看上去居然还这么愉快。

一定是因为年轻的缘故。

年轻真是好，太阳特别高，风特别劲，爱情特别浓，糖特别香，空气特别甜，世界特别妙，一点点小事，都能引起惊喜、慨叹、欢乐。

年轻人没有一天不笑上十次八次的，烦忧那么远，生活是享受，没有什么了不起的事，跌倒若无其事可以再爬起，伤口痊愈得特别快，错误即刻改，做对了拍掌称快，就是那么简单。

五十年前的年轻人与我们这一代的年轻人，并没有什么分别。

看到他们明亮的眼睛，光滑的皮肤，真不相信自己也年轻过。

我叹口气。

母亲曾说过，她幼时穿的校服，是一件浅蓝色的裙子。她念的学校，叫华英小学。

我住脚，大声欢呼。

“华英小学——”我挥舞双手，找到了，就找到了。

途人纷纷向我看来。

“干吗，干吗？”方中信气呼呼追上来。

“往华英小学去找邓爱梅，快！”

中学的教务主任为我们查毕业生名单。

邓爱梅……一直翻查都没找到。

方中信问：“小学要七岁才入学是不是？”

校方称是。

我立刻知道因由，要两年后邓爱梅才能够资格做小学生。要找的话，两年后再来差不多，唉。

“慢着，”方中信忽然聪明起来，“贵校好像附设幼稚园班。”

“不错，”主任问，“但你们查五六岁的小孩干什么？”产生怀疑了。

我连忙说：“这是我失散了的亲戚，我奉家长命来寻找。”

他进去好一会儿，大概是去请示上司。

我与方中信焦急地等。

他出来了：“校长说未得家长同意，不得随意把学生地址公开。”

“这不是公开……”

但他已经摆出再见珍重的姿势来。

方中信拉拉我衣服，我随他离开。

“从这里开始就容易了。”他说。

我呻吟一声。

“又怎么了？”

“邓爱梅才念幼儿班。”

“真的，你最好有心理准备。”他笑。

“五岁的孩子连话都说不清楚。”

“你开玩笑，你们那代的孩子特别蠢。”

“你们的五岁是怎么样的？”

“能言善辩，主意多多，对答如流，性格突出。”

哗，不知我母亲是否这样的一个孩子。

“你真幸福。”他忽然说。

我，幸福？这方中信每十句话里有三句我听不懂。

“你可以亲自回来寻根，试想，多少人梦寐以求。”

我不敢想。

“家父是个花花公子，”好像他是正人君子，“不务正业，祖父可以说是直接把生意交在我手中才去世的。他的奋斗过程，我一无所知，他守口如瓶，他的箴言是：得意事来，处之以淡，失意事来，处之以忍。”

咦，有道理。

“如果我有机会直接与他谈论业务上的方针，那多理想。”那倒是真的。如果小说家可以找到曹雪芹，科学家找到爱迪生，还有什么不能解决的。

“那位先生那里有没有消息？”我问。

“耐心一点。”

怕只怕五十年弹指间过，再也不必他替我设法。

真倒霉。

“你催催他。”我建议。

“我不敢。”方中信很坦白地说。

这也好，有什么话开诚布公地说，老方对我倒是还老实。

“我上门去求他夫人，她比较有同情心。”我说。

“他夫人有事到南极洲去了。”

我呜咽说：“那我这件事该怎么办？”

“再等一等。”方中信好言安慰我。

以后数天我开始想家。现在看起来，毫无同丈夫吵架之理，根本没有大事，生活太闲太平淡，习惯幸福，便不知是福，刻意求刺激，乱闹一顿。

他不是急性子，但脾气也不见得好。这上下找不到我，不知怎么办。

会不会以为我夹带私逃，为着赌气，躲起来？

又会不会认为我离弃这个家，另寻出路？

我呆呆地站在园子里看着天空，希望这一切都是个梦，待梦醒起床，一切都没有发生过，回到二〇三五年。

方中信为我难过，他双手插在裤袋里，欲言无语。

他低声说："开头我并不相信你是未来世界的居民。"

"你以为我是谁，冒充的？"

"无聊朋友派来与我开玩笑的饵。"

"那为何与我攀谈？"

他呆呆看着我，并不回答。

我没精打采："现在你相信我？"

"自然，有证有据，况且愁容不是那么容易装。"

我不语。

"有邓爱梅小朋友的消息了。"他说。

我感激地鼻子发酸，他真的落力帮忙，这样热心肠的人总算叫我遇上了。

"明早我们去华英小学堂等她出现。"

"好好好。"我非常紧张。

"不能这样就去，你要冒充一个人。"

"谁？"

"让我们研究研究。"

我有一股冲动："不如直说。"

他反问："可能吗？"

我低下头。

“认是远房亲戚如何？”他征求我意见。

“我们家亲戚非常有限。”

“那如何是好？”

我急：“想办法呀，你们多么狡猾，怎么会束手无策？”

“我不否认我有时也会很奸，但我自问对你百分百忠诚。”他不悦，“你老是刺激我。”

“快替我设法。”

“我们先去看看她。”

朝花夕拾

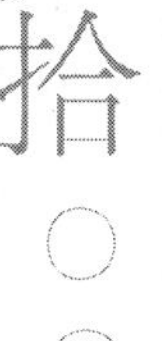

# 伍·

生命这么短，

哪容得浪费？

光阴宝贵。

华英小学是当时双阳市著名的学校，小孩以就读该校为荣，附设幼儿班，共收学生八十名，邓爱梅念的是低班，编在乙组。

学生放学，像群小鸭子，一色小小白衬衫，小小蓝裙子，一样要背一个布包包，看上去还挺重。

我们这一代的孩子就舒服得多，一切在家学习，不假外求，而且学龄自八岁开始，哪有刚学会走路，放下奶瓶就去上学之理。落后！那些小孩好玩得离奇，摇摇摆摆地放学出来，一个个苹果脸，胖胖的小腿，我看得心都软了，一时也不知哪个是我母亲。

他们笑着叫着，奔向家长，有些家人还驶了车子来接。

我运用急智，抓住其中一个，蹲下问道：“你可知道邓爱梅？”他摇摇头。

“乙班的邓爱梅。”我不放过他。

他用胖胖的手指一指背后，飞跑而去，书包两边甩，趣致至极。我再拉住他身后的小朋友：“你也是乙班？”

她点点头。

“邓爱梅呢？”

她撇撇嘴：“邓爱梅最坏，邓爱梅妒忌我。”

哗，人之初，性本恶。

我笑眯眯问：“哪个是邓爱梅？”

“今天没上学。”她说。

啊，我站起来，有点惆怅，今日见不到母亲了。明日再来吧，明日带些巧克力来。

这时我已换上方中信买给我的衣服，看上去同他们差不多。老方说：“明天再来吧。”

我点点头。

他拍拍我肩膀。

我无奈地笑。

有一位太太也在领孩子放学，她的肚子出奇地大，像带球走路，畸形。我骇然，不由得多看两眼，忽然想起，这是孕妇。一点不错，胎胚在母体子宫孕育到第八个月左右就是这个情形，书上说过。

我发誓看到该位女士的腹部在蠕动，我紧张得吞下一口涎沫，胎儿已经这么大，随时有生产的可能，而她尚满街乱跑，吓死人。

方中信推我一下："别大惊小怪。"

吾不欲观之矣，太惊人。

"来来来，我们晒太阳去。"

我用他的手帕擦一擦额角的汗。

"你也有孩子，你也是人家的母亲。"老方取笑我。

我惊魂甫定，立刻觉得渺小，我们可没有吃过这样的苦头，孩子到六岁才自育婴院领回来，已经被训练得会照顾自己。

太阳很大，我眯起双眼。

方中信坐在车厢内怔怔地看着我。

"开车呀。"我说。

他把我接到一座公园内，我们坐在树荫下谈了许久，难得他有如许空闲。

我诉许多苦，都是很平常的事，但发生在自己身上，立刻变得非常伟大。

如何认识配偶，如何结婚，如何发生歧见，孩子们如何顽劣，母亲如何唠叨……苦，苦得不得了，苦煞。

他很有耐心聆听。他的耐力感动我，我把细节说得更详细，活了二十六岁，还未有人对我发生过这么大的兴趣。我的配偶是个粗心的人，我与他水火不容，他的力气全部花在事业上，家庭只是他的陪衬品，他不解风情，他自以为是，他完全看不到我的需要。

我知道这种困难存在已有数百年历史，但不知怎的，女人一直向往有个体贴的配偶。

“他从来没同我来过公园。”我说。

方中信微笑。

在我们面前是一排矮树，开着一种白色大朵肥润的花，香气扑鼻，我有点晕眩，抛却良久的诗情画意一刹那全部回来，铁石心肠也为之软化。

妖异，这个年代真妖异，空气中似有魔力，摧毁人的意志力。

我觉得疲倦。

方中信买零食给我吃，带我走到动物园附近。

间隔倒也宽敞，但对笼中兽来说，又是另外一件事。

老方说：“看不顺眼的事很多吧。”

“应还它们自由。”

方中信摇摇头，一副莫奈何。

我看到一双斑纹巨兽，头有竹罐大，眼睛发绿，缓缓在笼中来回走动，一身黄黑条纹缓缓蠕动。

“我知道了，”我叫出来，“这是老虎！”

它张开嘴，耸动头部，一股热气喷出来，我连退三步。

老方大笑。

我悻悻的。

“没见过亚洲虎？”

“绝种了。”

老方脸上露出意外、惋惜、悲哀的样子来。

“孩子们一直不相信这种动物真实存在，图片不及实物的百分之一那么美丽。”

“我替你拍张照片，让你带回去。”

我还会回去吗，立刻气馁，脸上满布阴霾。

“倦了，来，陪你回家休息。”

我的体力大不如前，这样下去，就快要与他们同化。

老方把我当小孩子一样地照顾，他要回工厂一行，临走时千叮万嘱。

我躺在床上假寐，渐渐心静入梦。

爱绿，爱绿，又听见有人叫我。

我的名字不叫爱绿。

爱绿玲，爱绿玲。

我睁大眼睛。这是谁，谁在叫谁？

室内一片寂静，除却我，没有人。

我突然跳起来，我，是叫我：A60……A60333，被我听作爱绿玲，来到他们的世界才数日，已堕入他们的习惯，险些儿忘记自己的号码。

但谁在叫我？

这里没有人知道我的号码，这里的人还不流行用号码。

我捧起头。

声音像自我脑中发出，怎么会这样，我弄不懂。

再欲仔细听，声音已经消失。我苦笑，日有所思，夜有所梦，想得太多，心神已乱。

他们的食物我吃不惯，只有拼命喝水。屋内所有设施，只有淋浴一项颇为有趣，不妨多做。

居然盼望老方回来。

他没有令我久等，匆匆赶回，我高兴地迎出。

他说我明显瘦了，又带回许多食物让我挑选品尝。

有一种叫金宝[1]的罐装糊状食物，很合胃口，吃下颇多。老方看着我，很是欢欣。

可以相信他对我好是真的。

---

[1] 金宝：金宝汤，Campbell Soup，美国著名罐头品牌。

已经没那么提心吊胆，不再怕他会害我。

明天，明天还是得去找母亲。

是夜我坐在方宅的露台上乘凉，天空中月如钩，鼻端嗅到盐花香，海浪打上来，又退回去，沙沙响。他们的世界是喧哗的、肉欲的，充满神秘，风吹得我昏昏欲睡，各种白色的花张牙舞爪地盛开，各有各的香。香，香进心脾，钻进体内，融合在一起。要快点走，再不走就逃不及，永生永世困身在此。

这里也没有什么不好，一样有我母亲，还有，还有我的外婆，而老方又对我这么体贴。在他们这个年代，女人尚可倚赖男性为生，不必辛劳工作，真如天方夜谭：坐在家中，有人供养。

一不高兴，还可以闹脾气，还可以哭，当然，也只限于幸运的女性，外婆一早为丈夫遗弃，是另外一个故事。

老方在我身后出现："你在想什么？"

"什么都想。"我说。

"你看上去这么伤感，有时真不敢注视你，怕忍不住会同你一样悲哀。"他蹲在我身边。

老方真会说话，很平常的一件事，经他绘述，就活转来，听得人舒服熨帖，明明心有重压，也似获得提升，可以喘气。

"去睡吧，明日又是另外一天。"

在这里，不但睡得多，而且睡得死，整夜不必转身，天亮醒来，往往膀子压得酸软，面孔上一痕一痕，把被褥的皱褶全印上，好些时候不散。

不但是床上，房中累累赘赘全是杂物，都是尘埃好去处。方宅雇着一个人，每日做好几个钟头，把所有的东西逐样拭拂，这样地浪费人力物力还有时间，于情理不合。

但是我喜欢看这个工人悠闲地从一个角落摸至另一个角落，熟稔地、爱惜地取起每个镜架或盒子，小心翼翼地侍候，又轻轻放下。这项工作似乎给她带来快感，她口边哼着小曲，调子扭扭捏捏，出其不意会得转高降低，非常狐惑，但也有特殊风味，我看得呆住。

他们生活无聊，毫无疑问，不过充满情趣，随心所欲，不经意，奢侈。

第二日，老方接我到华英小学门口。

幼儿班的孩子们在十一点半下课，别问我这些刚学会走路，勉强能表达语言的幼童们每日学些什么，我不会知道。

我逐个找。

低声地问："邓爱梅，邓爱梅在吗？请问谁是邓爱梅？"

他们一个个走过，我心抽紧，握牢拳头。

"请问邓爱梅……"我锲而不舍。

一个小女孩站在我面前，一只手指搁嘴旁，疑惑地用大眼睛看着我。

邓爱梅！

不用问了，这便是邓爱梅。不要说我知道，连方中信都毫无疑问地趋向前来："是她了，是这个孩子。"为什么？因为她长得与我一模一样。

一模一样。

碰巧她也是短头发，也皱眉头，也不相信陌生人。

我的心剧跳，唉，能够维持清醒真不是容易的事，换了别人，看到自己的母亲才五岁大，说不定就昏死在地。

我吞一口涎沫，蹲下来："你……妈妈……"

"小朋友，"方中信救我，"她是小朋友。"

"是，小朋友，你是邓爱梅小朋友吧？"

小女孩点点头，但退后三步，对我们非常有戒心。

我实在忍不住，泪流满腮，要上去搂抱她。

这实在是非常不智的行为，小孩怕了。她确是一个小孩，才五岁上下，她挣扎着躲开。

"不要紧，"我哽咽地说，"过来，请过来。"

方中信自口袋中掏出糖果，刚要递过去，忽然身后传来一声吆喝。

“喂，你们是谁？”

老方吓得一震，巧克力掉在地上。

我转过头去，看到一个少妇，怒气冲冲朝我们奔来。

邓爱梅马上扑到她怀里去。

她竖起一条眉：“你们是谁，为何缠住我孩儿？”

外婆，是外婆！

我的天，我的外婆，她同我差不多大，二十余岁，脸盘略长，一双眼睛明亮坚强，正瞪着我。

我什么都不会说，也什么都不会做，只能呆若木鸡地看牢她们两母女，几次三番只能在喉头发出模糊的声音。

只听得方中信在一旁说：“这位太太，真对不起，我们全无恶意，内子想小女想得疯了，小女上月遇意外不幸……你瞧，令千金同内人长得不是有点像吗？小女也正是这样的圆面孔大眼睛。内人一时控制不住，这位太太，请你不要见怪。”

我泪如泉涌，激动得不住抽噎。

方中信过来，把我的头按在他肩膀上。

“不，”我说，“不——”

“不要紧，”方中信说，“这位太太会原谅我们的。”

只见外婆脸色稍霁，她留神注意我的脸，点点头。母亲躲在她身后，非常好奇地朝我张望。

方中信替我抹眼泪，我抓住他的手帕不放。

外婆缓和下来："说起也奇怪，真的长得很像。"

老方说："不然内人不会这么冲动。"

外婆语气转为很同情，对女儿说："来，叫阿姨。"

母亲很乖，自大人背后转出来，叫我"姨"。

我张大嘴，不知叫她什么，又闭上。

"小女爱梅。"外婆说。

老方立刻打蛇随棍上："太太贵姓？"

"小姓区。"

"区太太。"

"不。"

"区姑娘。"

外婆对这个称呼似乎颇为满意。

老方马上介绍自己："我叫方中信，这是内人。"

外婆对我说："方太太，你们还年轻，还可以有好多孩子，快别伤心了。"

我只得点点头，慢慢顺过气来。

她领起母亲，转身要走。

我连忙叫住她："让我，让我再看看……爱梅。"

外婆立刻把女儿轻轻推到我面前。

我感激地说："谢谢你，你真的仁慈。"

小孩穿得并不好，裙子已经放长过，裙脚上有明显的白色的一行折痕，一双橡皮鞋踢得相当旧，袜头的橡皮筋已经松掉。

外婆的经济情形并不好。

她衣着距离光鲜很远，全不合时。我知道，因为老方带我到过时装店。

我还在依依不舍，老方已推我一下："人家要走了。"

我只得放开她们。

小小的邓爱梅向我说："再见，再见。"她的声音清脆响亮，如云雀般。

老方拉着我离开华英幼儿园。

"嘘，"他说，"险过剃头。"

我犹自怔怔的。

他逗我："哭，原来只会得哭，咄，没用。"

我把手帕还给他。

他不会明白，外婆病逝那年，母亲只得五岁，想到这里，我浑身颤抖起来，这么算来，我岂不是适逢其时？

"喂喂，内人，放松一点。"

"老方，我外婆要去世了。"我惊恐地说。

“你怎么知道？”他瞪大眼睛。

“聪明人，你怎么不动动脑筋，是我母亲告诉我的。”

“哟。”他发现事态的严重性。

“她死于——”那个苦思不得的术语忽然冒出来，“心脏病，是不是有一种病叫心脏病？”

“是的。”

“没有医治的方法？”

“有，但死亡率奇高。”

我瞪着他：“但是你有钱，有钱也不行？”真的发急了。

“小姐，金钱并非万能，家父亦因心脏病猝死，这正是阎王叫你三更走，谁敢留人到五更。”

“你一定要帮我。”我红了双眼。

他怪叫：“你真是匪夷所思，我几时不帮你？但我没有超能力，我只是一个凡人，我的能力有限。”

“难道只能眼睁睁看着外婆病逝？”我喊出来。

“恐怕只能这样！生老病死在所难免，谁愿意守在病榻边看至亲吐出最后一口气？可是每个人不得不经历这种痛苦的过程，又不是你一个人，噫。”

“我不甘心！”

“谁会甘心？”

“太没意思了。”我掩住面孔。

“去同上主抗议呀，去呀。”他激我，“你这个人。”

我在路边长凳上坐下，再也不肯动。

“别难过，陆宜，”老方攀住我肩膀，“至少你可以留下照顾你的母亲，她才一点大，没你就惨了。”

我一震，张大嘴，又颓下来：“我能为她做什么？我自身难保。”

“有我，”他拍胸口，“照顾你们母女，我方中信绰绰有余。”

他是那么热情，我忍不住与他拥抱。

是夜我们想好一连串计划，方中信认为我们的开头很好，已争取到外婆的同情。

“以后你出现就不会突兀，”他说，“而且爱梅那么像你。”

我说：“我像她才真。”

“她是个聪明可爱的小朋友，你小时候也是那样吗？”

“我不知道，我不记得。”

“你什么都不记得。”他不满得很夸张。

“看，你不明白，我是个很忙碌的事业女性——”

“这种借口我们现在已经开始流行，忙忙忙，每个人都以忙为荣，喝着无聊的茶，吃着应酬的饭，嘴巴便嚷忙，造成一种社会没了他便会塌下的假象，忙得如无头苍蝇，小主妇边搓麻将边呼喝儿女做功课，也是忙的一种，忙得简直要死。”他叉着腰，“原来你们并没有进步。”

我闭上尊嘴。

“要不是来这里一趟，我打赌你永远不知道你外婆姓区。”

他说的完全是事实。

“好，听清楚了，计划第一步——”

计划第一步：我手中捧着一大盒方氏出品的精制巧克力去到校门迎接母亲。

穷管穷，她非常有教养，知道我手中有好吃的东西，大眼睛露出渴望的神情，但尽量压抑着不表示出来，才这么一点点大，就晓得控制忍耐，真不容易。

外婆来接孩子，我求她接纳糖果，难得的是，她亦非常大方，见我诚恳，便收下那盒子，母亲开心得雀跃。

我没有道别的意思。计划第二步：希望做她们母女的朋友。

外婆上下再度打量我，客气地说声高攀不起。

侵占我的思想，祸不单行，我命休矣。

我自浴间湿淋淋跳出来，卷一条毛巾，奔到房间去。

一路喘气，匆匆套上衣裳。

那声音停止了，我摸摸面孔，看看四肢，我还是我，才缓缓镇静下来。

“陆宜，陆宜。”

又来了，我尖叫。

“陆宜！”有人推开门。

“老方，是你？”

“还不是我，你难道还在等别人？”他挤挤眼。

“这不是开玩笑的时候，老方。”

“可怜的陆宜，永远像受惊的小鹿——咦？”他捧起我的脸看。

我拍下他的手：“干吗？”

“去照镜子，快。”

他把我拉到镜前，指着我眉心：“看到没有？”

“金属片此刻还是暗红色的，刚刚简直如一粒火星。”老方说。我目瞪口呆。

“陆宜，现在你总可以告诉我了吧，这一小块金属片到底是什么东西，有什么作用？”他疑惑地说。

我瞠目结舌，说破嘴方中信也不会相信，我实在不知道它除出协助学习之外还有什么作用。

“它协助记忆。”

“真的？”老方一点也不相信，“啊，真的？”

我不想再解释，这与沉默是不是金没有丝毫关系，将来是否会得水落石出亦不重要，我只是不想花力气多说，况且我对得起良心。老方叹口气："好好好，每个人都有权保守他的秘密。"

先入为主，他一口咬定我有秘密。

我用手托着头，不响。

"希望将来你会得向我透露。"他无奈。

要我交心。我知道他为我做了很多，但这还不是我向他交心的时候。

我在时间的另一头还有家庭，那边的男主人亦怪我没有全心全意地为他设想，所以我们的关系濒临破裂。

我深深叹息。

"别再烦恼了，"老方说，"我仍是你的朋友。"

"你为什么对我这么好？"

"你不知道？"

我摇摇头。

"因为你蠢。"

去他的。

门铃急响。

我拍手："啊，又有人找上门来。"

老方脸上变色。

“老方，”我乐了，“欠债还钱，六月债，还得快。”

“别去应门。”他说。

我摇头：“避得一时，避不过一世。”

门铃继续大响。他的车子停在外头，来人知道他在家中。

“你回避一下。”

“为什么，我堂堂正正，干吗要躲？她们是你女友，我又不是，我怕什么。”

“好，有什么闪失，莫怪我不警告你。”

老方去开启大门。

我嗅到一阵香风，似兰似麝，我连忙深呼吸。

一位圆脸的少女冲进来大声说：“大哥，你搞什么鬼，全世界都说找不到你，你躲在家中做什么，孵鸭蛋？”

老方见了她，松口气。

“又在恋爱了是不是？”少女呵呵呵地笑，“你这个永远在恋爱的男人，真服了你。”老方笑说：“小妹，你在说什么，来来来，我给你介绍一个人。”

“谁？”小妹转过头来，看到了我，“啊。”她叫起来。

呀，我也失声。

她襟上，她襟上别着一只金刚石的别针，晶光灿烂，模样别致淡雅，显然是件精工设计的艺术品，我一见之下，浑身汗毛都竖了起来，这是我母亲最心爱的饰物，天天戴在身上，寸步不离。

此刻怎么会到了老方的小妹身上？

不不不，话要掉转来说才对，五十年前，它原是老方小妹的装饰品，若干年后才落在母亲手中。

“大哥，你怎么不早告诉我？难怪人影儿都不见了。”小妹同她大哥一样，是个很热情的人物。

我的目光仍然无法离开那枚胸针。

老方说：“小妹，你与你的大嘴巴。”

我试探地问：“小妹是——”

“他没提过我？”小妹嚷起来，“我是他堂妹，我父亲同他爹是两兄弟，我俩同一祖父母，我也姓方，方氏糖厂我占百分之二十股分。”她呱啦呱啦全部交代清楚。

“幸会幸会。”我说。

“老方不是坏人，他只是浪漫，他——”

“小妹，你别说了好不好？”

他怕她越描越黑。

这两兄妹真是对妙人。

“一见你就知你是真命天子，”小妹豪爽地自襟上取下别针，

“喏，给你，见面礼。”

我实在渴望得到那枚胸针，注定的，我不收下也不行，它无论如何都会落在我手中，由我转交给母亲，时间已经证明这一点。

我伸出手去接过它。

它沉甸甸、冷冰冰地在我手心中闪出晶光。

“谢谢。”我说。

老方喜悦地说：“小妹，真看不出你这么大方，我一定补偿你，而你，”老方看着我抓头皮，“没想到你会收下。”

小妹笑：“我最喜欢快人快事，生命这么短，哪容得浪费？光阴宝贵。”

我陷入沉思中。

# 朝花夕拾。，

## 陆·

女人最不好就是这一点，得宠的时候立刻骄矜，失运时马上紧缩求全。

啊，母亲童年时所遇见的神秘女客，她的身份已经明朗，她是我，她是我，她是母亲的女儿，她是我。

当然，除出至亲骨肉，还有谁会尽心尽意爱护她？原来一切已经在五十年前发生过了，我此刻不过照着轨迹再做一遍，重复所有细节，这是唯一的一条路，身不由己，这是我们母女俩的命运。

方中信在我耳边轻轻地问：“又在魂游太虚？”

我悲哀地说：“我已经在太虚了，老方，我在太虚幻境。”

小妹叹口气：“我告辞了，恋爱中男女的对白没有人听得懂。我们改天见。”

“不送不送。”老方替她开门。

小妹转头凝视我：“你的气质真独特，完全不像我们这些俗人。”

她翩然而去。

老方将别针替我扣好，“很适合你。”他说。

我都没听进耳朵去。

现在即使有机会我也暂时不能回去，为着母亲的缘故。

第二天，我依着住址找到外婆家。

“摇啊摇，摇到外婆桥，外婆叫我好宝宝。”这是一首历史悠久的儿歌，描写祖孙温情，没想到今日我来到外婆家，完全是另外一回事，外婆与我年龄相仿，只有二十余岁。

外婆依时在家等我。

居住环境颇为恶劣，只租用一间古老大屋的头房，有窗，但对牢马路，嘈吵得很，灰尘亦大，幸亏天花板高，装一只螺旋桨，用电发动，带动空气，略见清凉。

这样小小地方，便是她们的家。社会贫富悬殊，我此刻才发觉方中信是巨富，他所住所吃所用，至为奢侈。

我这次来访，怕外婆怪我花费，只买了方中信推荐的蛋糕。

小小的爱梅在做功课，毕恭毕敬地抄写英文。

见到我，她站起来，到我跟前叫我阿姨。

外婆笑说：“你们才似两母女，长得那么像，左颊都有酒窝。”

我搂着母亲：“谁说我们不是，嗯？”

穷是穷，外婆没有自卑，极有气节。

她在一间小型工厂做会计，忙的时候可以很忙，孩子小时候，只得放在育婴院中，稍大，托好心的邻居照顾，略付茶资。

生活竟这般狼狈，幸好他们懂得守望相助。

我们这一代的女人幸福多了，国家负起养育下一代的大部分责任，不过孩子们太过刚愎坚强，永远不会像依人小鸟般可爱。

我不住抚摸小爱梅的头发，她十分喜欢我，一直依偎在我身边，说许多学校中的趣事给我听。她告诉我，陆君毅是多么的顽劣，他怎么把小猫丢上半空，任由它们摔下。她说："可怜的猫咪立刻急急摆动尾巴，一边喵喵叫，才能平安降落。"

外婆说："小梅，阿姨对这些没有兴趣。"

"我有。"真的有。

没想到已经是两子之母的我，第一次在母亲身上享受到弄儿之乐。

小梅的观察力非常细致，她所说的，我都爱听。

我从来没有好好听过母亲说话，我也许回不去了，现在不听，什么时候听？

外婆说：“陆家环境不错，把唯一的孩子宠坏了。”

我点点头，爱梅会嫁他，她不知道，我知道。

时间过得真快，我不得不告辞，已经黄昏。

为了想更加名正言顺，我提出计划第三步，方中信说的，我可要求做爱梅的教母。

但外婆是一个高洁的人，她婉拒：“慢慢再说吧。”

我低下头。

“看得出你对小梅是真的好。”她说。

“星期六可以再来吗？”我恳求。

她点点头，也已对我产生了不能解释、浓郁的感情。

爱梅同我说：“阿姨，你给我的巧克力真好吃，我永永远远不会忘记的好滋味。”

我相信，她直到五十五岁还念念不忘巧克力，那时已没有巧克力了。我鼻子发酸，忍泪告辞。

方中信亲自驾车来接我，我一脸油腻，衣服都为汗所湿，外婆家气温与湿度两高，不到一会儿就蓬头垢面，踏进老方的车子，如进入另外一个清凉世界般。

不公平，我心底嚷：太不公平，这人凭什么可以有这么大的享受，我迁怒于他，瞪他一眼。

“有没有劝区女士进医院检查？”

“我真不知怎么开口。”

“这么重要的事，”他发急，“你还扭扭捏捏？唏，女人！”

我嚷：“她是一个非常固执廉洁高贵的人，很难接近，你不会明白。”

“你的外公呢？”

“我没问，陌陌生生，怎么问？”

“饭桶，她明明是你外婆，我看你还是把真相说明算了。”

“她能接受吗？”

“大不了不接受。”

“弄得不好的话她会当我精神不正常，以后都不让我接近爱梅，那时怎么办？”

“倒也是。”

我恨方中信：“你再乱骂，同你不客气。”

“对不起。”

我挥挥手，托住头。

“你的外公到什么地方去了？”

“他离开了她。”

“去哪里了？”

“不知道，去找另外一个女人或许，我只知外婆独自把母亲带大。”方中信不再问问题。他的表情恻然。

我的鼻子发酸，看着窗外。

过很久很久，老方问：“要不要出去吃顿饭？”

我摇摇头。他说：“我已有十多天没出去吃饭了，闷得要死。”

我纳罕：“出去呀，你为什么不出去？”

“一个人怎么去？”

“那么找朋友一起去，你那众多女友呢？”

“你真不懂还是假不懂，你为什么不陪我？”

“我没有心情。”

“更要出去散心。”

“你们的食物我不爱吃。”

“你完全不会享受。”

“也许你说得对，科技越进步，生活细节越是简单。”

“今晚你打算做什么？”

“看电脑上的综合报道。”

“你指电视新闻？”

“是。”

“不出去？”

“不出去。”

他怪叫：“真没见过你这样的人，成日蹲在屋里，像老僧入定。”

“老方，为什么定要我陪你？”

“你难道全没有嗜好？”

“有，开快车。”

“我把车借给你。”

“这种落后的车我不会开。”

“那我同你去取你的车。”

“老方，不行呢，叫人发现了我更难做人。”

“可是成日在家发呆也不像话。”

“你的家居住着很舒适，我很满意。你心野，待不住，不表示人人要像你。”

我喃喃说：“如果我娘家有这里一半那么好，母亲就不必吃苦。”

老方说：“陆宜，我向你保证，我会照顾你母亲。”

“你真答允？”

“一定。”

“看着她好好受教育，生活上一点不缺？”

“我会。”

“老方，我如何报答你？可惜我没有法宝，又不懂点铁成金——”

“你真想报答我也容易。”

“你这个花花公子，可不准说过不算数，三分钟热度。”

老方啼笑皆非：“陆宜，照顾她不需我亲力亲为，是，我没有耐心喂她吃饭，或在她临睡前读故事书，但是我可以雇保姆。钱虽非万能，但也能做很多事。”

“你要我做什么？”我问，“我可没有治秃头的方子。”

老方凝视我很久很久，我开始有点不安，胃液受惊地搅动，他是个鬼灵精，不是要把我交给国防部吧？

我此刻不能走。

“喂！”我吆喝，“在动什么脑筋？”

他笑了，很温柔地说：“你是一只蠢母牛。”要待朋友施舍。

他从来没停止过侮辱我，这是他表示友善的方式，我已经习惯，把人弄得啼笑皆非是他的拿手好戏，同他在一起永不愁烦闷，难怪那么多女人喜欢他，倒不一定是为他的钱，说是为了他的巧克力更能令人置信。

他再笑，用手拉我的面颊：“你蠢得人家卖掉你你还帮人数钱。”

“只是譬喻吧，没有人要卖我吧，”我不悦，“你别老吓我，我会多心。”

“你放心，陆宜，我断不会想害你。”他忽然说得很认真很认真。

结果晚上我们没出去。

他买一种瓜回来，冷藏之后让我吃。味道佳妙，我把脸全埋到瓜肉里去，看得他哈哈笑。他有一丝忧郁："这种叫西瓜的东西不会绝种吧。"

"这是西瓜？"我一怔，"西瓜哪有这么好吃？"

老方说："听你形容，真不要做未来世界的人，什么都没有，即使不绝种也变质，一点享受都无，活着唯一的目的便是使科技更进步，但越先进生活反而越贫乏。"

我不语。

他补一句："而且女人越来越笨，连最可爱的敏感度都消失了。"

"你生气是因为我没有异能？"

他又静下来，伸手在我额前点一点。

旧式电脑上的报幕员大声疾呼："有可能爆炸的本国'辛康'四一三型通信卫星今天飘入太空，加入其他环绕着地球的数以千计人造太空碎片。本国太空人昨天未能把这卫星送入有用的轨道。

"空中防卫指挥部负责侦察对北美洲大陆的天空及太空袭击，它形容太空'实际上是一个垃圾箱'。

“该指挥部计算，太空约有三千件金属物体——火箭碎片、无用的太阳能屏、‘死了’的人造卫星以及各种废金属。

“这些碎片有三分之二是在三万六千公里高空的一条对地静止轨道上。它们即使不是无限期逗留该处，也会逗留许多个世纪。

“最危险的碎片是位于距离地球二百至五百公里的低轨道上。

“这些在低轨道的碎片，有许多在降至地球大气层时便焚毁及解体，有时则会坠在地球上。自从世界第一颗太空人造卫星，‘人造卫星一号’于一九五七年十月四日发射后，约有一万件碎片物体脱离轨道。

“坠到地球的概率如何却不清楚。太空总署吩咐太空人在太空漫步时，不要在太空丢弃任何东西，‘即使是一个扳手或一支笔’，因为它们有一天可能引起大灾难。”

真惊人。

侧头看着老方，他正在喝老酒，一点没有注意这段新闻，嘿，还说我笨，他自己才愚不可及，太空垃圾不加以控制，将来吃苦的还不是普通人，但一天没事发生，他们一天不去想它，大安主义。

科学家会越来越疯狂，越来越大胆，结果市民开快车不小心便会走到五十年前去，有家归不得。

我气愤。

是，我是不必担心孩子们，他们有国家青年营，我亦不必挂念老伴，他有电脑伴侣，我只是替自身不值，在这里要什么没什么，一切要待朋友施舍。

我说：“老方，教我用通话器，我想与母亲说话。”

他放下酒杯：“现在的母亲，还是将来的母亲？”

“小爱梅。”

“你见她已经很频密了。”

“我很紧张，不知道外婆几时发病。”

他叹息一声：“所以，能知过去未来有什么好，有什么用？你根本不能改变注定的事实，反而担惊受怕，吃不下睡不着。”

我不语。

“明天有一个很重要的会议，我要休息，”他说，“人家喧茜厂每日可以制造两百五十万颗巧克力，方氏远远落后，真得召开紧急会议。”他停一停，“明天你打算做什么？”

“我不知道。”

“抽屉里有现钞，城里有一个很精彩的中国画展览，我可令司机送你去。”

“我什么地方都不想去。”

“随你。”

他进房去。

老方将来会与小爱梅亲密相处，她一定对他有印象，可恨我一向没有留意母亲的申诉。唉，瞎忙，老方骂得对，成日对牢一台电脑做事业，老板升我一级，给一点甜头便兴奋得似捡到骨头的小狗般吠叫起来，乐得团团转，把身边最宝贵的东西全忽略了。

让我看。

老方今年约三十岁，五十年后他也不过八十岁，在我出生那年，他应是五十四岁。

但为何我从来没见过他？

我跳起来，心都凉了。

只有一个可能，他在我出生之前已经去世。

那意思再简单没有。

他没活过五十四岁。

我呆住，多么可惜，这么活泼爽朗能干的一个人，如果能够长命百岁，一定对社会有贡献。

即使在五十年后，我们仍然可以成为好朋友，他这种性格的人，越老越可爱，越老越风趣，不但与我能玩在一起，甚至与我的孩子们也能相处。

我为老方难过起来。

“陆宜。”

我转头，老方没睡着。

我强笑：“不是说明天要开会？”

“陆宜。”他走过来，蹲在我身边。

老方的面色不甚美观，一额的汗，我一惊，他不是笨人，难道他也想到了？

他伏在我膝上：“陆宜，我不会有机会看到你出世。”

我很震动，紧紧握住他的手。

我勉强地说：“也许你同我母亲闹翻了，也许你没有良心，在我母亲成年后就与她失去联络。”

“不。”

“别太肯定。”

“以我这种脾气，即使失败，寻到天涯，也要把你找出来，可是或许你忙着谈恋爱呢，没有空去找一个旧朋友。”

他微笑。

“是不是？”

他握着我的手：“陆宜，或许四十岁也够了，甚至三十五岁也可以，生命只要好，不要长。”

我却深深伤怀，故意找借口来分散他的注意力：“我知道，后来你娶了个恶妻，不准你同任何女性交往，她如传说中的晚娘一般，把我母亲驱逐出家门……”

“我是那么愚昧的男人吗？”老方说。

“男人要为一个女人倾倒起来，是一点都没有办法的事。”我说。

他凝视我：“你说得太正确。”

我郁郁不乐：“像你这样的人，应当活到一百岁。”

“谢谢你陆宜。”

“或许你应当注意心脏，人造心脏并不是什么稀罕的东西，成本只需三十五美金。”我说。

“不是现在。”老方说得很平静，“现在靠人造心活着的病人非常痛苦。”

“如果把发展武器的精力拿来——”

“——发展医学，”他接下去，“人类早已长生不老。”

他笑起来。

方中信真是一个豁达的人，这是他最大的优点。他随遇而安，珍惜他所拥有的，不去妄想虚无缥缈的东西。

死亡是他所惧，但绝不影响他活着的乐趣。

我深为感动。

将来同他一起生活的女子，是一个非常幸福的女子。

“不要为我担心。”他说。

我假装不在意：“才不会，我自顾不暇。”但声音已经出卖了我。

“你看我的生活多么丰足，”他说，“行乐及时，别去想它。”

说罢他回房去。

隔很久很久，我推开他的房门去看他。

一点也不是假装，他鼻鼾如雷，睡得好不香甜。

天生乐观。

我轻轻叫他：“老方，老方。”

他自然没有听见。

我放下一颗心。

第二天我起来的时候，他已经去上班。

我一个人坐在方宅，有点六神无主，看到他的司机在门口等，便上车去。

司机转头问我：“是去画展吧？”

我点点头。

一路上骄阳如火，行人挥着汗。

我闭上眼睛，害怕会再度听到那神秘的声音。

但是没有，我过虑了。

这是我第一次单独来到公众场所，展览会中众人彬彬有礼，递饮料给我。

我指指那种绿色瓶子有天然碳酸气的矿泉水。

气氛那么平和，我安乐地坐在安乐椅上看牢一幅山水画。

我不甚懂艺术，但一切艺术的至大目的都是要叫观者赏心悦目，只要看得开心就行。

我接触到一个熟悉的背影，苗条优雅。

这正是我要找的人，我跳起来，这是那位先生的伴侣。

“夫人，”我惊喜地叫她，“你自南极洲回来了。”

她转过头来，淡妆的脸略表讶异。

“没想到会在这里看到你。”我雀跃。

“你，还没有回去？”

“没有。”我看看四周围的人。

她与他们敷衍几句，与我走到僻静角落。

这么高的温度，她穿着套装，却冰肌无汗，我不禁暗暗佩服她。“你竟在此逗留这么久。”她意外。

“我在等消息。”我愕然。

“什么消息？”

“方中信说，你们会给他消息，但你们非常地忙，所以叫我等。”

“我不明白，我们早同他联络过了。”

我张大嘴。方中信没跟我说过，他提都没提过。每次我说起，他尽是推搪、支吾，顾左右而言他，直到我找到母亲，要走也走不掉。一定是坏消息，所以他不想我知道，免得我失望难过。

“可是有绝大的困难？”

“幸亏我们一个朋友有——”夫人忽然停止，“小方没同你说？”

“没有。”我心都凉了。

耳边嗡嗡响，方中信骗我。

他说他会设法，他说那位先生正在进行事宜，他叫我等。

他为什么骗我？有什么不良企图？正当我向他推心置腹的时候，他把香蕉皮扔我脚下。

夫人温柔地说：“陆小姐，我想还是由你向他问清楚的好。”

那么斯文的一位太太，当然不肯夹在我们之间搅浑水。

“夫人，请告诉我，我回去，是不是有困难？”我尽量问得婉转。

“有可能做得到，况且你那边也不会放弃，一定会搜索你，把你带回去。”夫人说。

“你都告诉了方中信？”我说。

她点点头。

我苍白着脸，不用多说，方中信出卖了我。

“陆小姐，我想你该回去同方中信说清楚。”

回去？我还回去干什么？

我还去见方中信？

夫人把手按在我手上，她的手很凉，像一块玉，接触到她的手有安抚作用。我抬眼看着她，相信她也看得出，我是何等失望、何等害怕、何等彷徨。

一直以来，都以为方中信是我的朋友，之所以坚强地在陌生的环境支撑着，都因为有他做支持。

没想到他会把这等大事瞒着我，欺骗我。

我作不了声。

夫人却开口：“陆小姐，我认识小方有十多年，他为人略为冲动，却不失真诚，你且莫忙，跟他谈谈再说，他一定会有合理的解释。”

我低下头。

“他不会伤害你。”

“你怎么知道？”

她扬起一道眉，很诧异，细细地看我，像是不相信我会问这样的问题。

“夫人，我在这里，叫天天不应，叫地地不灵，要紧关头，可否与你联络？我答应你，非必要时，绝不骚扰你。”

她温柔地说：“四海之内，皆兄弟也，你随时可以来。”她把通信地址与一个号码写给我。

我感激不尽：“谢谢你。”

“陆小姐，做朋友呢，是长期论功过的。虽然你只认识小方短短十来天，他对你怎么样，相信你比谁都明白，切勿为了一件事而推翻他的友谊。”

“是。”我低声说。

“要不要我送你回去？”

“不用，我有车子在外头。”夫人说。

“你自己要当心。”

“是。”

夫人与我握手道别。

我下楼上车，一颗心紧张如绞，平时的组织能力与思考能力都不知去了哪里。

这个魅惑的地方真要了我的命，我该怎么办才好？

去找方中信。有一个声音同我说：要去找方中信。

我同司机说：“麻烦你，我要去见方中信。”

司机应声是，把车子掉头，往厂房驶去。

就是这条路，不过十多天前，我来到这个城市经过的第一条马路便是这条双阳路。

真的才十多天？仿佛已经一个世纪，我惘然。

真的去找方中信同他谈判？

我迅速地盘算一下：我此刻一无所有，外婆与母亲等着我援手，除此之外，举目无亲。

这不是闹脾气的时候，我在自己的世界，与男人斗法，还可以假装失踪，让他担心、着急，其实人在亲友家吃喝聊天。

现在我到什么地方去？

总不能到外婆家，增添她的负担。

还是去找方中信，但切忌轻举妄动。

车子驶入糖厂，那阵甜香的糖雾降至我身上，如进入童话世界般。

我深呼吸一下，努力镇静自己。

我上写字楼的时候，方中信刚下来。

他开完会，正要回自己的房间，见到我，先是意外，随即双眼闪出喜悦，完全不是假装，如果这一切都是演技，那么方中信这个人太可敬可怕可佩，栽在他手中也是值得的。

这样一想，倒是豁出去了。

他把我领到他的写字间。

“怎么想到来看我？”他喜滋滋地问我。

我不响，坐下来，桌上有银质的碟子，放着巧克力，我抓起一把，丢进嘴里。

方中信看我一眼："哗，面如玄坛，怎么一回事？"

真没用，七情上面。

在我们的年代，为了节省时间，除了做夫妻之外，根本不用搞人事关系，人们可以专注工作，所以表面功夫甚差，不比他们，善于掩饰，懂得隐藏喜怒哀乐。

"怎么一回事？"方中信诧异，"什么地方不高兴？"

我问道："我为什么要高兴？"

他有点不安。

我愤慨地看牢他，气得双眼发红。

他意识到有事不妥，但还想补救。

他试探地问："可是外婆那边有什么不妥？"

"外婆很好。"

"小爱梅呢？"

"她亦很好。"

方中信摊摊手，勉强地笑："那你干吗像来大兴问罪之师？"

他真聪明，一上来，起码把事情猜到九分。我无谓含蓄，索性揭盅好了。

"你为什么不让我回去？"我问。

他一听便晓得我说什么，表情僵在那里，动作也停止了，整个人似被魔术师用定身法定住，非常滑稽夸张，但我没有笑。

我瞪住他，他瞪住我，像两只竖起毛、弓起背的猫，随时相扑撕咬。

什么涵养忍耐都不管用了，我先发制人，大喝一声：“方中信，你骗我！”

门外的工作人员听见这一声暴喝，都吓得一跳，不约而同地转过头来看。

方中信用似木偶般生硬的动作掩上门，回来颓丧地坐沙发上，低下头，不出声，忽然之间，他像是老了十年。

“我遇见那位先生的夫人，她说有办法送我回去，一早已告诉你，你为何瞒着我？”

他不发一言。

“你非法拘禁我，你没有权这么做！”我的声音越来越高，“你明知我那么渴望回去，我要你即刻同那位先生联络！”

他仍然不发一语，像是已被判刑的犯人。

“你认不认罪？”我逼问他，“认不认？！”

自己先悲从中来，精神压力太大，唯有哭出来。

隔很久很久，我们都没有说话。

办公室的墙上有一列玻璃砖，可以看得到外头人影幢幢，都是想看热闹的人。

闹僵了，我太不会处理事件，使方中信颜面无存，丢尽面子：有这么一个女子，认识他没多久，便上来摊牌哭闹，使他恼羞成怒。完了。

我没听夫人的忠告，我令自己下不了台。

我刚想站起来离去，方中信却将一方雪白的手帕递给我。

他喃喃地说："哭哭哭，就是会哭。"

我说："我现在去找夫人，她答应帮我。"

"好，我陪你去，任得小爱梅给我照顾好了。"

我一震，在盛怒中我忘了她们。

走，怎么走？

方中信看着我，他目光中闪出狡猾胜利的神色，眼睛出卖了他，他的表情仍然凝重惶恐。

狐狸，这是一只狐狸。

我悲哀地说："至少你应让我知道我可以走得成。"

"就是未必走得成。"他得到机会，立刻发表演说，"我可以带你到纳尔逊先生处三口六面对清楚，这只是一项实验，你以为科技真的进步得可以使人在时间中往来自若？即使是你那个年代，也没有那么容易，否则你的亲人早就把你接走了。”

我仍然不服：“你应把事实告诉我。”

他呆了一会儿，忽然说：“我不想你走。”

我抓住他的小辫子：“是不是？可认罪了，你是有私心的，为什么？”

他骂：“你这个女人蠢如猪，为什么为什么，一天到晚就会问为什么，不用眼亦不用心，全世界人都知道，就是你还问为什么。”

我坚持要知道：“我不是你们世界的人，弯弯曲曲的肚肠，我不会猜哑谜。”

“好，我告诉你。”方中信说。

“说。”我说。

“我不让你走，因为我自私，我一早已爱上了你，明知你一离去，今生今世都无法再见到你，因为我短命，因为我自知无法活至二十四年后，待你出世，待你成长，再度追求你，爱你一次，”他几乎是握着拳头叫出来的，“所以拘留你，不让你走！”

说完之后他激动地喘气，无法站直，靠在墙上，闭上眼睛，叹息一声。

我结结巴巴地问：“爱上我？我？”

他吐出两个字："白痴。"

我不敢看他。

怎么回事，他说真的还是说假的？爱上我，他？

方中信说："我知道，留得住你的人，也未必留得住你的心。"他呆住，好似猜不到自己会说出这么老土的话来，他笑了，"留不住她的心，哈哈哈，要命，报应到了，没想到我方某人也会有今天，这番时辰到矣。"他继续笑，笑得那么厉害，笑得眼泪也流出来。

他用手去揩眼泪，慢着，他不是在笑，他哭了，他怎么会哭？不，他是笑出眼泪来。

我把手帕递给他，双眼看着窗外。

心底产生奇妙的感觉，前所未有，有点酸，有点饱胀，有点难过，有点愉快。

"咄，"他还在发脾气，"竟会爱上低能儿。"完全不甘心，一副心不由主，怨气冲天的样子。

我再苦恼也笑出来，方中信这个人，滑稽得不似真人，像戏中的喜剧人物。

随即觉得不应该笑，他这么苦恼，且莫论真假，看样子已筋疲力尽。

他说下去："我可不关心你打哪里来，是不是天外异客，抑或是妖精化身，我只知道，那日在厂中开完会，精疲力竭，蹒跚地走出来找车子，看到你站在停车场，一照面，就浑身通电，再也来不及，一切太迟了。”

方中信的声音中有无限苦楚，具一种力量，吸引着我，叫我默默听下去。

“你以为我这么容易让陌生女人上车，又把她们带到家中？”

“老方我——”

“你完全不懂，你这个人全然没有感性，你的敏感度同咱们的坐厕板有的比，你——”

“老方，你可否停止污辱我？”

“你一点感觉也没有，你是一个橡皮人，木无知觉，枉我这样对你。”

我啼笑皆非。

他拉起我：“来，走吧走吧，我们马上找有关方面去把你送回去。”

我甩开他的手：“听你说起来，我好像要走就可以走，要来就可以来似的。”

“我不要再对牢一个不懂得感恩的女子，你日日怨天尤人，我已听腻。”

我静默地坐下来，第一次，第一次检讨自己的过失。

老方说得对。

我流落异乡，又不是他害的，一直把怨怼发泄在他的身上，就是因为他对我好。

女人最不好就是这一点，得宠的时候立刻骄矜，失运时马上紧缩求全，很少有我外婆这样，失意间还庄敬自强。比起她，我实在太肤浅太幼稚。

“老方，”我伸手过去，“咱们还是朋友。”

“请你不要再叫我老方，我痛恨这个称呼。”

这人要得寸进尺。

“而且我不是你的朋友，你几时见过朋友对朋友有这样两肋插刀的例子？”他把我抢白得抬不起头来，“我若没有私情，不会尽力帮你，我若不是爱你到极点，也不会放弃以前的女伴。”

“好了好了，我都明白了。”他挥挥手，“我再也没有力气了，你先回家。”

“你呢？”

“你想管我？”他凶起来。

终于动真怒，还是爱得不够，我并不打算付出什么，故此立刻投降，举起双手。

“对不起，对不起，”我说，“得罪你，请你包涵。”

我立刻退出老方的办公室，急急走出走廊。他们铺地用的材料硬度很高，不能吸收声音，我的脚步声一路噔噔噔地传开，空洞寂寞。

我怎能跟他争辩呢，他认为他懂得爱，我叹口气，这种斤斤较量的感情叫作爱？付出一定要得回来，万一得到不够，立即翻脸相向，这便叫作爱？

可悲的是，甚至在我们的世界里，情操仍然普遍落后，同他们没有大差异，人人用尽手段向对方榨取，十年得益不够还要二十年，二十年过去图望三十年，往往此类感情寄生虫还称这种手段为永恒的爱。

我在方中信身上吸血也有好一段日子了，他什么报酬也得不到，难怪要嚷嚷。

走到空地，不禁悲哀起来，我像离了水的鱼、掉了秧的瓜，不知何去何从。

司机驾着车缓缓驶到我身旁，我略觉安慰，即使在自己的世界，也不能问何去何从这种大问题，徒然心烦意乱，最好是走到哪里是哪里。

不坏呀，我同自己说，来了这里没多久，已经认得三户人家，即使老方踢我出来，我还能到外婆或是夫人的家去挨一挨。

不应太悲观，已经混得不错了。

我得到什么地方去兜个圈子，等老方息怒再说。

我问司机："女人在这种钟点多数去什么地方？"

司机说："去吃茶。"

"请带我到吃茶的地方。"

他把车子开出。

那地方是一个喧哗的大堂，几十张桌子，坐满各式各样的男女，从十六岁到六十多岁的都有，都打扮得花枝招展，我看他们的当儿，他们也朝我看。

侍者找空凳子给我坐下，我要了一杯水喝。

户外海水在太阳照射之下金蛇狂舞，眼睛都睁不开来。

户内有空气调节，并不影响茶客们悠闲的心情。

我感叹，端的不可思议，这么多人，在同一时间内，无所事事，不参与生产，在这里享乐，他们何以为生？

刚在出神，有一位年轻男士走过来。

"小姐，可否打扰你？"

我立刻警惕："不可以。"

他一怔："小姐，"他掏出一张卡片，"我姓徐。"

"我不认识你。"

他听我这么说，有点困惑："不要紧，我是个电影导演，只想问你有没有兴趣拍戏。”

我连忙摇头：“没有，没有。”

他笑了，对我更有兴趣：“我可不是坏人，你留下卡片，回去考虑一下，再给我消息。”

我瞪着他，他有礼貌地回到自己桌子上去，就听得他同茶友们说：“真正美……不食人间烟火。”然后他们齐齐转过头来看着我。

我浑身不自在，站起来走。

侍者过来说：“小姐，请结账。”

啊哟，我口袋没有钞票。

侍者笑眯眯，好耐心地等候。

我面孔涨红，心怦怦地跳。

正在这个时候，忽然有人说：“让我来。”

我惊喜地叫：“老方，你怎么知道我在这里？”

他从口袋里取出现款交侍者，转过头来白我一眼：“每次你有难，我眼眉会跳，坐也坐不稳，赶了来救驾，不是为你，是为我自己。”我只得赔笑。

他细细看我，叹口气，拉起我的手：“走吧。”

这时那位徐先生叫住老方：“喂，方公子，请留步，慢走。”他同老方像是非常熟络，抓住他的衣袖，一拳击在他的臂上，“真有你的，女朋友一个比一个美，女人没有一个逃得出你的五指山。”

老方一边将他一手推开：“你乱说什么。”一边偷看我的表情。这个时候，我才知道，老方是怕我多心。

我怎么会呢，非要同他讲明不可，我并没有，也不打算爱他，在远处我有家有室，千丝万缕的关系，不是丢下便可走的。

徐先生对老方说：“要找她当我的女主角，肯不肯？”

老方认真地同他说：“你要是再动歪脑筋，我把你的头切下来当球踢。”

徐先生并不怕，但他说：“哗，你一向游戏人间，这会儿怎么板起面孔做人？”

老方对我紧张，更使我手足无措，都一大把年纪，且是两子之母，如今才遇上追求者，多么窘。

老方说：“我们走。”

也不同徐先生说再见。

我问老方：“你怎么找到我的？”

“知道你要闯祸，能不发疯似的找？”

我低下头：“没有你还真不行呢。”

他双眼忽然润湿，但声音比什么时候都硬：“这话为什么不留待抚棺痛哭时才说？”

我忍耐着不发话。无论怎样不善表达，他心中是对我不错的，我必须笼络他，不为自己，也为母亲。

司机把我们载回去。

# 朝花夕拾。，

## 柒·

任何人都敌不过时间大神，全人类得乖乖听令于它。

老方火发得筋疲力尽，回心转意，又恢复原来面貌，装作什么都没有发生过，让我下台。

开了大门，他说：“闭上眼睛。”

“嗄？”

“闭上眼睛，给你一个惊喜。”

“是什么？”

“别问，听话。”

他那孩子气又来了，我只得闭上双眼。

他把我带到房内，同我说：“睁开眼。”

我照做，看到书房内放着一座庞然巨物，看仔细了，原来是台半世纪前的电脑，又笨又重，是用软件那种。我信手按下开关，磁带转动，累赘不堪，如盘肠大战，灯泡半明半灭，活脱似低成本科幻电影中之道具，老方打什么地方弄来这个活宝?

“怎么样,”老方兴奋,“还可以吧?最新式的BX15890型电脑,我知道你们那里的玩意儿要先进得多,但作为玩具消遣,恐怕它也能为你解除寂寞。”

原来是老方的一番好意,我连忙道谢,装出好奇的样子来。

唉,怎么办呢?

这使我想起古老的传说来:一个渔夫,在海洋中捕捉到人鱼,为了使她在陌生的环境中生存下去,在家建造水池……这是没有用的,一缸水怎么跟大海相比?

科技日新月异,在我们那一代,电脑整个概念已变,根本不需要通电,亦无须利用荧光屏。不可能?对两百年前的祖先来说,手电筒亦是不可能的。

我没有兴趣,如人鱼一样,我渴望回到大海去。

我口中问老方:“很名贵吧?别浪费金钱。”

他矜持地答:“还好,只要你高兴。”

“我高不高兴有那么重要吗?”

“有,很重要,你不快活,我亦不快活,为求自己快乐,先要使你快乐。”

他又来了。

“明天去看你外婆?”他问。

"已经约好。"

"叫她到医院去，我替她找最好的心脏科医生。"

"历史证明她的生命只有这么一点。"

"你既然来了，就得尽人事，况且她热爱生命。"

"她确实很坚强，换了是我，早垮下来。"

老方凝视我："不见得。"

我不语。

"要不要试试这台新玩具？我不妨碍你。"他识趣地退出。

事情拆穿后，他对我更好，努力想我适应新环境，最好留下来。

母亲说什么来着？我坐在古董电脑的屏幕前思索。她说，在她年幼丧母的困难时期，有一位好心的阿姨，尽心尽意照顾她。

那位女士后来怎么了，亦即是我后来怎么了？为什么没好好听母亲说什么，每想到此，真想撞墙。

为何母亲从来没向我提到方中信这个人？他后来有没有照顾她，有没有遵守诺言？

我发誓如果回到母亲身边，我要坐在她对面，做壶好茶，叫她从头细说。

我看着面前的电脑，打个招呼，对不起，我没有兴趣劳烦阁下。

叹口气，还不敢出书房，怕老方多心不悦，早懂得这样迁就伴侣，就不必事事吵得青筋毕露。

方宅的空气调节器虽然降低气温，奈何使人眼干鼻燥，倘若不小心坐在风口，半边头会痛，满屋子找不到舒适的角落。没想到人类仍然处于与大自然搏斗阶段，原始得要死。

老方说我运气不坏，这五十年科技总算认真进步，倘若再退五十年，女人还要缠足，还有，弄得不好，闯错地方，到蛮荒地带去，更不堪设想。

正当你认为事情不可能更坏的时候，它偏偏会转为黑色。

这台电脑不能帮我，它仍在无知阶段，要喂它无数资料，让它咀嚼消化，才能为我提供学问，这起码要三五载时光，老方倒是希望我留下来，我不。

我只盼望明日去见家人。

星期六没等到约定时间，我已蠢蠢欲动，换好衣服，总挨不过时间，索性早点去也罢，不会怪我不礼貌吧。

司机把我送到外婆家，没进门就觉得不妙，一大堆邻居挤在门口，只听得小爱梅的哭声。

我大力排众而入，只见爱梅被一位婆婆拥在怀中，惊恐地哭，穿白衣的救护人员正把担架抬进狭窄的走廊。

“什么事，什么事？”我心急如焚。

“让开、让开。”男护士推开我。

那婆婆认得我，气急败坏说：“是邓嫂，明明在熨衣服，忽然倒地不起，我们连忙叫了救护车。”

担架抬出去，外婆躺在上面，面孔金紫色，我一手抱起爱梅，一手去搭外婆的脉搏，慌忙中什么也探不到，救护人员一掌推开我：“只准亲属跟车！”

我同婆婆说：“这里请你们多照顾。”

没想到婆婆百忙中极细心：“你是谁，就这样抱走爱梅？”

我已舌焦唇燥，更不知如何解释，眼看担架已下楼，而婆婆还拉住我不放。

谁知爱梅忽然说：“我跟阿姨走，婆婆，我要跟阿姨走。”

邻居们说：“让爱梅跟这位小姐吧，她们是亲戚。”

婆婆再犹疑，我已经抢步而下。

方家的司机在门外急出一头汗：“陆小姐，这是怎么回事？”

我如遇到救星似的：“快跟牢救伤车，同时通知方中信，我外婆出了事。”

“陆小姐，你没看错吧？”他瞠目，“我明明见到抬出去的是位少妇。”

“快去，快去。”

爱梅紧紧搂住我脖子，我挤上救护车。

车上设备之简陋，我看得呆了，外婆气若游丝，我却无法帮她。我哄着小爱梅，她亦紧紧贴在我怀中，两个人的汗与泪融在一起。

要命的车子慢如蚂蚁，前进时还摇摇晃晃，太致力改良杀人武器了，救人的装备如此不堪，生命贱过野草。

小爱梅有点晕眩，不住抽噎。我把她整个小身躯环抱住，仿佛这样就能补偿什么，她如丝般的柔发全贴在头上，我一下一下替她拨向额后。

这小小的女孩是我的母亲，没有她哪有我，我原是她体内小小一组细胞。我与她、她与我根本难以分离，为何我从前从没想过。

车子终于到了，方中信已在医院门口。

万幸有他。

我抱起爱梅，他扶我们下车。

我求方中信："最好的医生。"

他严肃地点点头，自我手中接过爱梅。

一放开爱梅，才发觉双臂发软，再也难抬高，用力过度，肌肉受伤。

外婆被推进急救室，我们在长凳上等。

只要换一个心脏即可，在我们那里，不知多少人带着人造心、脾、胰、肝走路吃饭做事，一点影响都没有，照样活到古稀，但在这里，医学还不可能做得到。

老方同我说：“我已请来医生会诊，尽力而为。”

可惜他们的力量有限。

老方怜惜地关心我：“你看你。”

我知道这一番折腾使我不像样子，没料到这么狼狈，一身白衣团得稀皱，胸前还有小爱梅的脏鞋印，裙子下摆在大步迈动时撕破，加上汗水渍，似个难民。

我苦笑。

“要不要回去洗一洗？”

我摇头：“你会嫌我吗？”

“我？你掉光头发我还是爱你。”

我疲乏地笑一笑：“真有这么伟大？”

“有一日你会相信。”他看看怀中的小爱梅，“问你母亲，她会告诉你。”

小爱梅睡着了，老方脱下外套裹着她。

我问：“刚刚你在厂里正忙着吧？”

“没有关系。”

“真对不起。”

“事情的轻重，不外以个人爱恶而定，在目前，你的事才最重要，毫无疑问。”

他竟这样地为我。

我不过是个蓬头垢面走错地方苦哈哈的贫妇，可是他看重我。医生走出来，暗示他过去。

老方自然认识他，迎上去。

他们静静地说了一会儿话，老方一只手撑在墙上，另一手仍然抱着爱梅，看上去他是那么强壮可靠，居然那么沉着，与以前大不相同。与医生说完话，他回到我这边来。

“如何？”我问。

“靠机器维持生命，没有多久了。”

我颓然。

“别太难过，你早已知道结局。”

我问：“爱梅重吗？”

“不重，她是你的母亲。”

这老方，真是机会主义者，非得用肉麻话把我的眼泪逼出来不可。

“我想我们要把爱梅带回家。”

“自然，我立刻叫人去办事：家具、衣服、玩具，还有，我会找最好的保姆及家庭教师。”

爱梅醒了，老方把她放在我身边坐。

我问她："跟阿姨住好吗？"

"妈妈呢？"她懂事地问。

"妈妈在这里休养。"

"她不回来了吗？"

"回，怎么不回？等医生说她痊愈，便可回来同我们在一起。"爱梅似乎满意了。

她伸出小小的手，把玩我领口的胸针。

"好不好看，喜不喜欢？"

她点点头。

我除下，扣在她衣服上。

从这一天开始，它成为她心爱的装饰品，她会永久保存这件纪念品。

我问老方："现在能不能看看外婆？"

他摇头："还不能够，要等明天早上。"

"那么我们先回家。"

"我陪你们。"

"你有事要做，不如先回厂。我可以照顾爱梅。"

他想一想："我叫司机送你们。"

司机经过这一役，也没齿难忘，与我亲密很多，本来他以为我只是一个与方中信同居的女人，不知何时会走，讨好也无益，此刻见主人为这女子出死力，连孩子也跟过来，可知一年半载是不会走的了，索性卖力。

我带着爱梅到方宅。

小孩到底还小，来到新鲜的地方，顿时忘记适才的不幸，从一间房间走到另一间。

小孩这里看看，那里坐坐，我不住供应糖果饼食，她又恢复笑脸。

整个傍晚，方中信不住地派人送爱梅应用的东西来，包罗万象，什么都有，变魔术似的，一下子布置好儿童睡房，柜里挂满衣服，墙角都是洋娃娃，还有钢琴、木马，甚至有活的小狗，他一切都想到了。黄昏时，保姆也来报到。

爱梅冲了浴，换好衣服，梳起小辫子，在吃特地为她做的鸡肉香饼及热牛乳。

我半觉安慰半觉辛酸地坐在沙发上打瞌睡。

外婆是不会好的了，母亲在老方这里可能要住上十多年……

门铃响。

“老方，是你吗？”

女仆去开门，我迎出去，看到门外站着位女客。

见到女人，我第一个反应是：又是老方的什么人？定睛注视，发觉是我最盼望见到的人。

“夫人。”我惊喜交集。

她微笑。

“夫人，没想到你会来。”

“小方的口才好，不过我也牵记你。”

“他请你来的？”

夫人微笑：“他怕你想得太多。”

爱梅探头出来张望，畏羞地又退进房间。

夫人讶异：“这是谁？”

我据实说：“我母亲。”

她一怔，不过立刻明白了，她脸上露出颇为同情的神色来：“难怪你没有走。”她点点头。

“夫人，我该怎么办？”

“你必须回去。”

“我怎么走？”

“你那边的人会召唤你，他们不会允许你留在我们的时间里，这与自然的定律不符合，你不能留下。”

“我不明白。”

“届时你会知道。”

“他们会派人来带我返回去？”

“他们会搜你回去。”

这时忽然有人插嘴：“搜，怎么搜？九子母天魔上天入地搜魂大法？”

方中信回来了。

夫人仍然气定神闲，她微笑。

老方坐定，问夫人：“你那位先生呢？”他同夫人比较熟。

“他到一个集会去了。”

“最近他心情不好？”

“比前阵子好点。”

“生活那么刺激，还闹情绪？”

我怕老方把话说造次，推他一下。

但夫人很随和：“他说他闷。”

“哗，他还闷，那我们这种一世对牢可可豆的人怎么办？”

“小方，你也不必过谦，你也算是五彩缤纷的人。”

没想到夫人这么幽默，我笑起来。

老方讪讪的。

“好好地对陆小姐母女。”

“是。”

“我要去接他，”夫人说，“我先走一步，改天再来。”

老方送她出去。

我进房去看爱梅，她拥着一只洋娃娃，在床上睡着了。

保姆说："非常乖的孩子，明天几点钟上课？"

我根本不懂，方中信在身后说："八点半要到学校。"

"她的书本呢，要不要回去拿？"

"不用再到那个地方去，几本图画书而已，我会叫人办妥。"他着保姆去休息。

"真伟大。"我喃喃说。

"有钱能使鬼推磨，你没听过？"

我细细咀嚼这句话，倒是呆了。不不，我没听过，在我们那里，福利制度较为完善，金钱的作用远不如这里见功，同时我们对物质的欲望也较低。

小爱梅睡相可爱，我抚摸她的小手，将之按在脸旁。

这样小小人儿，将来一般要结婚生子，花一般年华过后，照样面对衰老，时间飞逝，没饶过任何人。

只听得老方忽然说："君不见高堂明镜悲白发，朝如青丝暮成雪。"

被方中信这么一说，我立刻明白了。

老方低声问我："你会不会嫁给我？"

"我不能，我已婚，不能重婚。"

"但那是数十年之后，现在你尚未出生，何妨结婚？"

这如果不是狡辩，真不知什么才是。

我摇头："在那边我有丈夫有孩子。"

"那算是什么丈夫？听你说，他根本不照顾你。"

"我们那一代男女是真正平等的，谁也不照顾谁，有什么事，求助社会福利。"

"那何必结婚？"

"抚育下一代。"

"下一代！你们的下一代在实验室的抽屉中长大，大人不痛不痒，这也好算做父母？"

我没有声音。

"你听过胎胚的心跳？你尝过生育的痛苦？你可知初生婴儿如一只湿水的小动物？你根本不是一个母亲。"

"还不是同男人一样，大家做小生命的观光客，唏，同你说男女已真正平等。"

"可怜的孩子，从此母爱是不一样了。"

真的，我们这代母亲再也不会似外婆般伟大。

"我们可以结婚。"他仍不放弃。

"我们结识才十多天。"

"这是最坏的借口，你同你第二任丈夫认识才五天就决定结婚。"真后悔告诉他那么多。

“什么第二任，我只有一任丈夫，”我说，“通过电脑，对他个人资料已有充分了解，自然可以结婚，这是我们那边的惯例。”

“你拒绝我？”

“我恐怕是。”

他神色黯然。

我握住他的手：“老方，你没听见夫人说？他们会召我回去，我终归是要走的。”

“如果你不想走，谁也找不到你，我可以替你弄张护照，我们到可可的原产地象牙海岸找间别墅，这里的事业交给小妹，从此不问世事，我才不信未来战士有本事把你揪出来。”老方说。

“老方，如果我与你双栖双宿，那么爱梅将来怀孕，生下来的是谁？想一想。”

“是你。”

“我？我在此地，同你一起生活，是个成年妇人，怎么可能又是爱梅的婴儿？只有一个我，怎么可能同时在一起出现？”

老方如打败仗，张大嘴，一额汗，我看了都难过。

我们拥抱在一起。

“我不管，我不管。”他呜咽地说。

“别孩子气，老方，这件事是没有可能的。”

“时间为什么作弄我，为什么？”

它一直如此：相爱的人见不到最后一面，伤心人挨不过最后一刻，到有情人终成眷属，不是另一半得先走一步，就是感情日久生分，一切都是时间作祟，一切都是时间的错。

任何人都敌不过时间大神，全人类得乖乖听令于它。美女望之令人心旷神怡？不要紧，时间总会过去，她今年不老，还有明年，有的是时间，务必把小女婴变成老婆婆为止，可怕呵。头发在早上还是乌黑的，时间飞逝，傍晚就雪白了，什么也没干，数十年已过，母亲在这里是孩子，在那头已是唠叨的老人家。

怎么办？发脾气哭泣不甘心也无用，在这一刹那我变得剔透通明，世事有什么好计较的？

老方还在说：“我不让你走，我不会让你走，我要把你藏起来，锁在堡垒里。”

我把他拉离爱梅的房间。

老方性格任性，他所喜爱的人与物，一旦离他而去，他会痛苦至死。

我们默然相对一整夜，两个人的心事加起来足有十吨重。天亮更不敢睡，因要去探望外婆。

爱梅由保姆看着吃早餐，稍后要去上课，出门时分，她吵着要见妈妈。我答应放学接她。

外婆躺在病床上，身体实在虚弱，却还要撑着说话。

她的语气十分温文，令人知道她是个十分有教养的女子，在这种时刻，她还在竭力地压抑她内心的悲痛与焦急。

“爱梅，医生说爱梅在你那里？”

“她刚刚上学，一会儿带她来。”

“方太太，真不知如何感谢你才好。”

“你尽管休养，这里有我。”

“方太太，非亲非故，怎么可以麻烦你？”

我轻轻按住她的手，低声说：“非亲非故，我怎么会同爱梅长得那么像？”

她没懂，她以为我安慰她，暗示我们之间有缘分。

“方太太，坦白地说，我一点节储也无。”

“公家医院，无须担心。”

她不再说话，细细凝视我。

我多么想轻轻叫她一声外婆，又怕吓着她。

忽然外婆拉住我的手，“你是谁？”她说，“你同爱梅的右颊都有一粒痣，不但像，简直是一个模子出来的，你为何对我们这样好？”

“我们是一家人。”

“一家人？我没有姐妹，你到底是谁？可是他叫你来的？”

啊，她以为变了心的人还会回头，不不不，不是她丈夫。

“你不需知道太多。”

她悲痛地说：“医生说我情况不稳定。”

我点点头。

“我不要紧，可是爱梅这么小，若不是为着爱梅……”

“我会照顾她。”我的声音非常坚毅。

“我要知道你是谁。”

“你不放心，你不相信我？”

她激动起来：“不，不是这个原委。”

护士过来：“方太太，病人需要休息。”

“我下午再来。”我说。

外婆目送我离去。

老方在门外等我。

他说：“医生说她已进入紧急状态。”

“可是不行了？”他不肯回答。

我握紧拳头，击向墙壁。

“何必伤害自己，看，出血了，外婆或祖母，总要过世的。”

“她只有二十余岁，她这一生，并无得意过，她适才还以为抛弃她的男人会得派人来照顾她。”

老方递手帕给我。

“而且她不放心爱梅跟我们生活，我们是陌生人。”

“你可以告诉她你是什么人。”

“她不是笨人，她已经起疑心。”

“告诉她。”

“我得试一试。”

“她现在靠机械帮助维生，你要把握机会。”

“是。”

“你需要休息，一会儿接爱梅来，要不要吃点东西？”

“不。”

“别难为自己，办事要力气。”

他知道我喜欢吃简单的食物，譬如说大块而烂的蔬果，味道要鲜而不浓，辣的绝对不碰，酸的受不了，但甜的多多益善。他说我口味如老太太，容易办，当下他陪我早早吃了午饭。

下午我同爱梅去见外婆。

她对女儿千叮万嘱。爱梅实在太小，虽然乖巧懂事，到底不是神童，脑袋装不了那么多嘱咐，外婆到后来也明白这一点，叹口气，闭上双目不语。

她放不下心，去也去得不安乐。

接着的一段时间她仿佛想穿了，同我说，她希望吃红豆沙。

老方一迭声派人去做。

外婆微笑："方先生对你真好，原本我以为没有神仙眷属这回事，看到你们夫妻俩，可知是有的。"

我不知如何作答。

"他对你真好。"外婆似有唏嘘。

"是的。"

"爱梅就托付给你们了，"外婆说，"跟着你们，也许比跟我吃苦好。"

我按下她的手，暗示她休息，她说话已相当吃力。

我们必须离开。

那个黄昏，我呆坐窗台，爱梅在做功课，门铃尖声响起。

我跑去开门，看到一个小男孩背着书包站门口。

我一眼就认出他："陆君毅。"

"是。"

"你来干什么？"

"我来看邓爱梅。"

"你还欺侮得她不够？"

“听说她妈妈生病，我来探望她。”他今日似乎正经得多。

“你可以进来，不过只给你半小时，而且不准你对她无礼，听见没有？”

陆君毅吐吐舌头。

我无意对自己的父亲这样严厉，但我必须保护母亲。

爱梅见到他，十分投机，也许感情的秧苗已在那时种下。

陆君毅不调皮的时候蛮好，他取出小玩意儿陪爱梅玩，小男孩的口袋里装得下整个幻秘的世界：小小的按钮游戏机、弹子、图画书、扑克牌、盒子里放着的蚕宝宝。

不要说爱梅看得津津有味，连我都有兴趣。

他们也养蚕，灰白的软虫，蠕蠕然其实是非常可怕的东西，但孩子们特别喜爱它们，一代接一代，一直没有放弃这种宠物。我那两名宝贝养满一整格抽屉。

所看到的蚕较我们的肥大粗壮，爱梅有点怕，陆君毅同她说：“不怕，你按它的头部，那些皱纹会变得光滑，来，试试看。”

我做了可可给他们喝，坐在远处，暗暗留神。

陆君毅有意见：“你阿姨家好得多，地方大，又有的吃，她对你好不好？”

小爱梅用力地点头。

我觉得很宽慰。

“你姨丈好像很有钱，”陆君毅说，“将来你可以跟我一起到外国读书，还有，下星期我的生日派对，你也能来。”

我非常讶异，这个势利的小孩，一点天真都没有，难怪后来同爱梅离了婚。

我不喜欢他，我不要像他。

幸亏我外貌完全似爱梅，而老方一直说我笨，可见也没得到陆君毅的遗传。

只听得爱梅问他：“参加舞会，要穿漂亮的裙子？”

“叫阿姨买给你，她喜欢你，一定肯。”

真不似小孩说的话，我不悦，爱梅这么单纯，以后一定会吃他的苦。

我走过去：“陆君毅，爱梅要做功课。”

他只得被我送出去。

当夜外婆就不行了。

医生通知老方，他推醒我，我们匆匆赶去。

一见到外婆，我就知道这是最后一面。

她的面色绯红，完全不正常，分明是回光返照，眼神已散。我把脸贴近她的脸。

一定要让她安心地去。

“你听到我说话？”我在她耳边问。

她点点头。

“外婆，我是陆宜，爱梅的女儿。”

她露出讶异的神色来。

“外婆，我走错了时间，你明白吗？”

她摇摇头，又点点头。

“请相信我。”

这次她点点头。

“外婆，我是你外孙女。”

她忽然微笑，牵动嘴角，似完全明白我的意思，洞悉整件事的关键，她握住我的手紧一紧，然后放松，吁出一口长长的气。

老方抱着孩子过来：“爱梅，同妈妈说再见。”

“妈妈到哪里去？妈妈，妈妈。”

外婆闭上眼睛，喉咙咯咯作响，她去了。

我把整个身体伏在她身上，双臂环抱，眼泪如泉涌。

老方为外婆的丧事忙得瘦了一圈。他出尽百宝，但无法找到爱梅的父亲，不幸这个负心人是我外公，他撇下妻女到什么地方去了，没人知道。

没有照片，没有日记本子，也没有文件，我们不知他是什么人，住在什么地方。

爱梅正式成为孤女。

老是问妈妈会不会再回来，圆圆的眼睛清澈地看牢大人的面孔，像是要找出蛛丝马迹，不，妈妈永远不回来，妈妈已死，爱梅必须接受这个事实。

她正式成为方家的一分子。

方中信由衷地喜欢她，他的生活方式完全为我们母女改变，他时常留在家中陪我们，一切以我们为主。小妹来吃饭，说真的吓坏了，没想到她大哥可以一天到晚孵在家中。

小妹坚信爱梅是我的孩子，她为人豁达，毫不介意，带来许多礼物给爱梅。

这两兄妹一点没有旧社会的陈年封建思想，毫无保留地付出感情。

她说："大哥，你同陆宜结婚好了，外头的传言已经很多。"

"她不肯嫁我。"

小妹看我，诧异地问："这可是真的？"

我强笑道："似你这般新派的人，怎么会赞成结婚。"

"不，最新的趋向还是看好婚姻制度，到底比较有诚意，不为自己也为孩子。"

没想到小妹这么替我设想。

她拉起我的手："还犹疑？我这个大哥，不知甩掉多少女朋友，他一变心，你什么保障都没有，"小妹似笑非笑，"结了婚他不敢动，方氏基金自动拨生活费给你，为数可观。"

老方生气："小妹，你乱说什么，陆宜顶不爱钱。"

小妹看我："是吗？"

"我爱，我爱，"我连忙说，"怎么不爱。"

小妹笑："你这么一嚷，我又真相信你确实不爱钱了。"

我笑："怎么会？"

小妹说："你不知道，咱们这里的人最爱贼喊捉贼这一套，最泼辣的自称斯文高贵，最孤苦的自号热闹忙碌，没有一句真心话。听的人往往只得往相反处想，故此你一说爱钱，我倒相信你很清高。"我没弄清楚，自从外婆去世后，精神一直颇为恍惚，不能集中，比往日要迟钝一点。

小妹说下去："你们一结婚，小爱梅可以名正言顺地姓方。"

老方说："小妹，看不出你这人同街上三姑六婆有什么两样。"

小妹又有道理："大哥，潇洒这回事，说时容易做时难，何苦叫一个小孩子为你们的洒脱而吃苦？不是说姓方有什么好，而是要给她一个名分，将来读书做事，都方便得多。"

"现在有什么不便？"老方问。

小妹说："'小姐贵姓？''姓邓。''住哪儿？''住方宅。'

还说没有不便。”

老方似是被说服，看着我。

兄妹很可能是串通了的，串好对白来演这场短剧。我被他们四只眼睛逼得抬不起头来，只得强笑道：“这些细节，将来再说吧，我再也没有力气。”

说罢很没有礼貌地回房休息。

躺在床上，才卧倒一会儿，便进入梦乡。

我看到自己的孩子：弟弟正焦急地喊，听不到叫声，但嘴形明明是在喊“妈妈”，妹妹呆坐在一角，不声不响，眼神却是盼望的。

我心中非常难过，却无可奈何。

“陆宜，请你集中精神，发出信号，从速与我们联络，否则我们将被逼把电波升级。”

谁？谁在不断向我提出警告？

在这种时刻，我无法静下心来。

我自床上跃起，不，这不是梦境，我再愚蠢也应当想到，有人向我下令，并非想象，而是事实，而这些人，必然来自我自己的世界，否则他们不会知道我的号码、我的姓名。

他们要我回去。

通过时间的空间，他们居然可以与我联络。

我骇然，一直不知道我们的科学已经达到这种高峰。这时我觉得额角一阵炙热，伸手一摸，烫得甩了手。

我扑到镜子前面去，看到额前的金属学习机闪烁如一块红宝石。

不不不，这不只是学习仪这么简单，那位先生说得对，这是一具接收器，凭着它，有关方面可以上天入地地追踪我，把我叫回去。

但是他们从来没有告诉过我们，这具摆设有这样的效用，他们到底有多少事瞒着老百姓？为什么一直不把真相告诉我们？

聪明如那位先生，当然一看就知道是什么，一般的愚民，真要到火烧眼眉才晓得发生了什么事。

我要去寻找答案，我要智者给我指示。

打开窗户，我爬了出去。

这次有备而战，带了现钞在身边。

叫一部街车，往那位先生的住宅驶去。

来开门的是他们的管家老头，他忘记曾经见过我，上下打量我一番，并没有表示太大的好感，达官贵人见得太多，他的身份亦跟着高贵起来，一般普通访客他不放在眼内了。

“找谁？”他不客气地问。

我心里略苦，方中信同我说过，那位先生等闲不见客，我冒昧开口求见，这个管家不知有多少千奇百怪的借口来推搪我，这一关就过不了。

我连忙伪装自己："夫人在吗，代为通报一声，衣服样子绘好，请她过目。"

老头犹疑地问："有无预约？"

"有，请说陆宜来了。"

"你等一等。"他掩上门。

我挨在门前，人已老了一半，求人滋味之苦，至今尝个透彻。

幸亏有惊无险，不到一会儿，门重新打开，夫人亲自来接待。她笑问："图样与料子都带来了吗？"

我心酸兼虚弱地回报笑脸，握住她的手。

夫人迎我进书房。

这不是我上次到过的地方，这可能是她私用的休息室，布置高雅，收拾得很整齐。

她请我坐，笑说："夫妻生活久了，设备完全分开，这是我自己的书房，"她停一停，"只有维持距离，适当地疏远，感情才可持久。"我低头沉吟。

夫人似有感而发，她说下去："人们所说的形影不离、如胶似漆、比翼双飞……完全没有必要。”

我仍然没有搭腔的余地。

她笑了：“你有什么难题？”

我指指额前。

“呵，你接收到信息了。”

“令我回复，我该如何同自己人联络？”口出怨言，“从来没有给过指示，完全由得我自生自灭。”

“莫急莫急。方中信知道你来此地？”

我摇摇头。

夫人看着我：“他会着急的。”

她似有点责怪我。

我自辩：“他不赞成我回去，他会阻挠我。”

她在通话器上按号码，不一会儿，我听到方中信情急的声音：“陆宜，是你吗？你到什么地方去了？”

他已发觉我失踪。

夫人温柔地说：“陆宜在我这里。”

可是方中信惶惶然没把夫人的声音认出来，更加慌乱：“你是谁，你们绑架了她？有什么条件尽管提出来，切莫伤害她一根毫毛。”夫人又看我一眼，像是说：看，他是多么爱护你。

我忍不住说：“老方，我没事，我在夫人这里。”

那边沉默很久，才传来他憎怒的声音："你为何不告而别？急得我头发都白了。"

"我抱歉。"

"算了，你有话同夫人说吧，隔半小时我来接你。"他长长叹息一声。

夫人转问我："至大的爱是什么都不计较。"

我讪讪地垂首，不敢抬起头接触她智慧之目。

这时候我觉得渺小，在感情方面，五十年前的人比我们要热烈伟大得多，无以为报。

过很久，我问："你的先生一直很忙？"

"他有他的朋友，此刻他在楼上书房见客。"夫人微笑，"怎么，你认为只有他才可以帮你？"

"不，"我由衷地说，"我情愿是夫人。"她丈夫高不可攀。

夫人摇头："也不是，他一直奔波，如今有点累，想做些自己爱做的事，保留一些自己的时间，旁人便误会他高傲。"

夫人永远能看清别人的心事，这样冰雪聪明，是好抑或不好呢。

他们两夫妻已入心灵合一境界，他一举手一投足，她都能够明白了解。这是做夫妻的最高段数，谁都不用靠谁，但又互相支持。

我与丈夫，比起他们这一对璧人，只算九流，关系如雾水，欠缺诚意。

好不羞愧。

只听夫人说：“我同你去找小纳尔逊。”

“他可以信任？”我听那位先生提过这个名字。

“绝对可以。”斩钉截铁。

“他在哪里？可否现在去？”

“他在另一个国家，我们会替你做一本护照。”

“什么时候方便出发？”

“会尽快通知你，我得先安排一些事宜。”她站起来，“方中信已在门外等你。”

我点点头。

# 朝花夕拾。

## 捌·

男人真正关心女人的时候，
会有些什么自然的表现，
这是本能，这是天性，
所谓做不到，即是爱得不够。

她送我出门的时候，那位先生刚在送客。客人是位三十岁左右的年轻人，面孔英俊高傲，双目如鹰，他看见我一呆，随即大胆地打量我。

我不习惯，只得别转面孔。

只听得夫人同客人说：“原医生，那件事还没有解决？”

那原医生吁出一口气，浓郁袭人而来。

仿佛所有患疑难杂症的人都聚在这座宅子里了。

夫人并没有为我们介绍，我乐得轻松，但我觉得原医生炯炯的目光一直逗留在我身上，像要在我身上凿出记号。

幸亏方中信的车，在门外响起喇叭。我朝夫人点点头，再向那位先生说声再见，便走出去。

方中信替我拉开车门，让我坐好，才与他们寒暄。

离远了我觉得那位先生与原医生对老方都颇为冷淡。

老方回到车子来咕哝：“一直瞧不起生意人，真没意思。”

我劝慰他：“何必要人看得起。”

他听了这话，开心起来：“对，只要你看得起我，我就是个快乐的人。”

我也禁不住笑了。

他又忧心起来：“那个年轻男人是谁？”

“他们叫他原医生。”

“他为什么像要吞吃你？”

“不要开玩笑。”

“真的，”老方固执起来似一头牛，“这种男人，一看到略为平头整脸的女人便不放过，势凶如狼，说不定明天就追上门来，你没有告诉他住哪儿吧？”

“我相信原医生不是坏人，你别瞎七搭八。”

“这么快你就帮他？”

“老方，我不认识那个人，我不知道他是谁，看，你放过我好不好。”我怪叫救命，“我们还不够烦吗，你还要无中生有？”

他沉默一会儿：“对不起。”

“不，是我对不起你。”我无精打采地说。

“夫人打算帮你？”

“她古道热肠。”

“她真可爱，可是不知怎的嫁了个如此阴阳怪气的男人。”

“何用你多管闲事。”

“不是吗，说错了吗？”老方说，“初见夫人，我才十六岁多些，真是惊艳，回家好几个晚上睡不着，老实说，要是她云英未嫁，我发誓追她。”

“她年纪比你大。”我提醒他。

“又何妨？连这些都斤斤计较，如何谈恋爱？”

我忽然明白为何那位先生对老方冷淡，原来他一直单恋夫人。做丈夫的自然对这么一个神经兮兮的小伙子没好感。

我扑哧一声笑出来。

“笑什么？”他眼若铜铃。

“老方，别吵了，我可能快要回去了。”

他没有回答，把车子开得会飞一般。

我知道他心中不快，我何尝不是，再想找一个这么肯为我设想的人都难，那边的那一位，如果有十分之一这么关心我，我都不会把车子驶上生命大道。

这段婚姻生活令人奄奄一息，勉强而辛苦地拖延着，因为不想蹈母亲与外祖母的覆辙。

原来不但样貌性格得自遗传，命运也是，一代一代延续，难以挣脱注定的情节。

倘若能够回去，恐怕要提出离异了。方中信令我懂得，男人真正关心女人的时候，会有些什么自然的表现，这是本能，这是天性，所谓做不到，即是爱得不够。

我握紧他的手。

第二天我们带爱梅到海洋馆。

她像是有第六感，黏牢我不放，一刻不让我离开她，同我说话的时候，双目凝视，似要用眼睛摄下我的形象，永存脑海。

我们探访许多珍罕的鱼类，买了图片说明书，向小爱梅朗诵出来。

不一会儿身边聚集一大堆小朋友，他们都听故事来了。

不由得令我想起自己的孩子来，每当弟弟或妹妹问起任何事，我都不耐烦地答："为什么不问智慧二号呢，妈妈并不是百科全书，"甚或加多一两句牢骚，"我倘若有那么能干，也不会做你们的奴隶了。"弄得他们异常没趣，真是不该，回去都得改掉。

方中信说这几天是他所度过的假期中最好的一个。

小爱梅说，下次要把陆君毅也叫来。

她念念不忘于他，怪不得后来终于嫁给他。你怎么解释感情呢？他们的交往这么早就开始，百分之一百纯洁，完全不讲条件，最后青梅竹马的有情人终成眷属，应该是人间最美好之婚姻，但在生下我不久，他们竟然分了手。

一点保证都没有。

海洋馆有人造潮汐，发出沙沙声，一下一下拍着堤岸，我们坐在岸上的亭子里吃冰激凌。

我轻轻问小爱梅："你喜欢方叔吗？"

她点点头。

"以后与方叔一起生活，好不好？"

她看看方中信，问我："你也与我们在一起？"

我很难回答。

"你是方叔的太太，"她先回答自己，"当然与我们一起。"说了这句话她放下心来，独自跑开，去看会跳舞的海鳗。

我与方中信苦笑。

当日夜晚，夫人通知方中信，飞机已经准备好，十六小时之后出发，到某大国的太空署去见纳尔逊先生，为我的前途寻找答案。

我问："夫人有她自己的飞机？"

"不，他们没有什么钱，同时也不太重视物质，飞机是朋友借出来的，叫云氏五号。"他停一停，"云家富甲一方，但很少露脸，生活神秘。”

“他们做什么生意，与你有业务往来？”

“才不，”方中信叹口气，“云家做重工业及设计最新武器，在太空上运作的仪器起码有百分之六十是他们的产品。”

我即时厌恶地皱起眉头。

但老方说：“我做的不过是雕虫小技，不能同他们比。”

我冲口而出：“做糖果有什么不好？令孩子们快活是至大的功德，不管幼童长大后成为救世主抑或杀人王，在他们天真活泼之际，都吃过糖果。”

“陆宜，你待我真好，帮我驱逐自卑感。”他笑。

“我是真心的。”

他点点头：“我知道，你一直没有对我说过任何假话。”

“你与我同去？”

“自然。”

“爱梅怎么办？”

“有保姆照顾她。”

“我不放心。”

他忽然赌气：“你迟早要走的，放不下也得放，届时还不是眼不见为净，一了百了。”

“请留下来照顾爱梅，她还没有习惯新环境。”

他很为难："那你呢？"

"夫人会看着我。"

"这样吧，大家一起行动。"

"开玩笑，太空署不是儿童乐园。"

方中信脸色变了："你可是要撇下我？一到太空署，能回去即时回去，连一声再见都省下？"

我愕然，不敢搭腔，动了真感情的人都会喜怒无常，因付出太多，难免患得患失。

不过老方即时叹口气："好好好，好人做到底，送佛送上西，我留此地带小孩，让你独闯太空署。"

"老方，我……"感激地结巴起来，"我……"

"别再叫我老方好不好，求求你。"

这是他唯一的愿望，被爱真是幸福的。

我利用那十多个小时向小爱梅保证："阿姨有事要出门，但三五天之后一定回来。"

爱梅不相信，鼻眼渐渐涨红，大哭起来。因为妈妈一去没有回头，她怕阿姨，以及所有爱她的人都会失踪。

她的恐惧不是没有根据的，终于她失去我，接着是方中信，还有陆君毅。

出尽百宝才把爱梅哄得回心转意。方中信因为是成年人，没有人去理会他是否伤心失望。

晚上他帮我收拾简单的行李，送我到飞机场。

夫人很准时，与我们同时到达。

出乎意料的是，那位原医生也是乘客之一。

方中信一见他，老大不自在，把我拉在一角，一定要我答应他一件事。

“说吧。”

“不准同那姓原的人说话。”

竟这么孩子气。

我一口应允：“好，我如同他说一个字，叫我回不了家。”

老方笑了：“那我倒情愿你同他说个无穷无尽。”

夫人过来问：“你一个人？”

我点点头。

她说：“原医生搭顺风飞机，与我们一道。”

老方说：“夫人，请替我照顾女朋友。”

他把女朋友三个字说得很响亮，颇为多余，因为原医生根本没有看向他。

他依依不舍与我道别，我们进入机舱。

云氏五号几乎立刻起飞。

它的设备优异，座位舒适，据机师说，速度也是一等一。

但我嫌它慢。

夫人一上飞机便假寐，她不是个爱说话的人。

原医生并没有与我攀谈，他在阅读笔记。

我最无聊，睡又睡不着，又不想看书，心情不好，再柔和的音乐也觉刺耳，听得心烦意乱。

舱外的苍穹漆黑，无光无影，不知有多大多远，无边无涯。我呆呆地坐在角落的位置，眼睛向前直视。

回到本家，并不见得会比现在更快乐，为什么一定要回去呢，像方中信所说，与他到可可原产地去过神仙一般的生活，岂不优哉。

夫人开口："别胡思乱想，趁这机会，松弛一下。"她的声音坚强有力。

我冲口而出："我不想离开方中信。"

夫人微笑："这自然，倘若你仍当方中信是普通朋友，未免铁石心肠。"

"我有犯罪感，丈夫与孩子都等我回去，我却留恋异乡，爱上浪子。"

夫人极之开通，她莞尔："许多女性梦寐以求呢。"连她都打趣我。

我黯然："这并不是一段插曲。"

夫人说："人与人之间的缘分真奇怪，你与他竟在毫无可能的情况下相遇，发生感情。"

我内心苦涩，无法发言，这是一段注定没有结局的感情。

这时坐在前头的原医生转过头来："恕我冒昧插嘴，夫人，但只有防不胜防的感情才令人类荡气回肠。"

我刚要张嘴说话，但想起应允过老方的事，硬生生把话吞回肚子。

忧郁的原医生充满男性魅力，与他谈话定是乐事，不过答应过人，便得遵守诺言。

夫人同我说："原医生是有感而发呢。"

他苦笑地说下去："无望之爱我最有经验。"

夫人温柔地说："看，又触动他的心事了。"

方中信虽无原医生这般高贵的气质，但他百折不挠，活泼开朗，一句"管他呢"便把一切困难丢在脑后，他是名福将，跟着他日子多舒畅。

原医生又恢复沉思，到一个深不可测的境界。

我感慨地问夫人："怎么没有一个快乐的人？"

"有呀，方中信就是。"

"现在因为我，他也不开心。"

"不会的，方中信最可爱的地方便是不贪心、不计较，即使你最后离开他，他也会想：曾与陆宜度过一段适意的日子，夫复何求。”我落下眼泪。

“他确是一个难能可贵的快乐人，我们妒忌他。”夫人说。

侍应生捧上食物，夫人选了一只水果，我摇摇头。

飞机载着我们到达另一个国度。

道别时原医生含有深意地与我握别：“陆小姐，希望我们还有见面的机会。”

他翩然而去，真好风度，真好相貌。

夫人陪我前往太空署，我的心忐忑不安，似孩子进入考试场，喉咙忽然干涸，胃液翻腾，太阳穴抽紧，想去洗手间。

夫人拍拍我的背，表示安慰。经过好几重手续，我们终于见到金发蓝眼的纳尔逊准将，没想到他英伟如表演艺人。

我十分惊异。

他们这年代竟有这许多出色的男性，做女人一定很幸福。

他伸出手来：“你一定是陆宜小姐了。”

“是的。”我与他握手。

“夫人已将详细情形告诉我们。”

我如病人见到医生般地看着他。

他说：“真是稀客，尽管太空署档案中什么千奇百怪的个案都有，到底很少人会似陆小姐般迷途。”

我苦笑。

“陆小姐，这件事其实还得靠你自己。”

什么，走了这么远的路，经历这么多苦楚，还得靠我自己？

我惊异地看着他。

纳尔逊指着我额角：“你的接收仪是唯一可以与他们联络的途径。”

我忍不住问：“什么是接收仪，告诉我，我有权知道。”

“自幼种植，与脑部相连。”

“有什么用？”

纳尔逊一呆：“用来追踪控制你每一个思维，你不知道？”

我张大嘴，如置身万年玄冰之中：“你的意思是，我无论动什么脑筋，都有人会知道？”

“是。”

“谁，谁会这么做？”

纳尔逊更加意外：“当然是你们的政府。”

“你的意思是，我们根本没有自由？”

“我不会那么说。”

我愤怒：“连思想都被接收，不可能尚余自由。”

纳尔逊托着头：“让我给你一个譬喻。”他侧侧头，“有了，你知道电话，我们的通话器吗？”

我点点头。

“如果在通话器上安装窃听器，讲电话的人便失去自由，但不是每具电话上都有窃听器。”

“有问题的人，思想才被截收？”

“对，陆小姐，你终于明白了。”

“纳尔逊先生，你何以这么清楚它的功用？”

“我们的未来，即是你的现在，在这一刻，我们世界有一股势力正致力研究这种仪器。”

呵。

纳尔逊笑：“其实，只有最愚蠢的人才会想知道别人的心里想什么。”

我犹自问：“为什么政府要控制我们？又有什么样的人才算是有问题的人？有什么标准？”

夫人温和地说：“别问太多了。”

我低下头。

纳尔逊同情地说：“幸亏我不是双阳市市民，否则真得反抗到底。”

夫人说：“或许你同陆宜讲一讲，她如何回去。”

我听见自己的声音在心底发出：我不要回去那可怕的地方。

“我们将尽量协助她，相信她那边的空间科技人员会得接收她。在这里，我们首先要做的是加强她接收器电波之频率，让那边明晰接收，获得指示。”

我嚯地站起来：“纳尔逊先生，我不要他们知道我在想什么，因为我根本不愿意回去。”

纳尔逊又一次表示讶异：“可是八五年不是你的年代，你在这里不会觉得快活。”

我沉默。

“而且你必须回去。”

我握紧拳头：“他们会拿我怎么样？”

“他们会摧毁你的脑部活动，使你死亡。”

我惊惧地看向夫人。

夫人说：“这是真的。”

纳尔逊继续：“你会渐渐头痛，发作的频率一次紧过一次，最终支持不住。”

我把脸深深埋在手中。

“陆小姐，他们也有不得已之处，你的意外扰乱大自然规律，你不能在历史中生活。”

“规律，还有什么规律？”我悲凉地问，“毁灭地球只要按一个钮，却任由饥荒地震带走千万人性命，还有什么大自然的定律可言？”

纳尔逊与夫人皆无言。

自觉失态，短短日子，已被方中信宠坏，说话放肆，批评五十年前的同类，口气如土星人。

过一会儿纳尔逊说："这次回去，你体内的原子排列受到骚扰，于寿命期限来说，有不良影响。"

他讲得那么斯文，其实想说：就算回到本家，你也不会活至仙寿恒昌。

"准备好了吗？"

我点点头。

"请随我来。"

他带我到实验室。

大限已至，反而轻松，笑问："弗兰肯斯坦男爵[1]创造科学怪人的地方，也与此类似？"

纳尔逊笑，碧蓝的猫儿眼闪出慧黠的光芒。

"陆小姐，在加强电波之前，我们要弄一个小诡计。"

"是什么？"

他看一看夫人："我们想替你隐瞒一点事实。"

---

[1] 弗兰肯斯坦男爵：电影《来自地狱的弗兰肯斯坦与怪物》*Frankenstein and the Monster from Hell* 中的人物。弗兰肯斯坦利用 Simon Helder 博士的医学专业知识来完成他准备已久的一个项目——从精神病院病人身上摘取的新鲜器官拼装出一个全新的人类。

我明白了。

既有雷达装置，就有反雷达装置，纳尔逊自然可以帮我这个忙，使我保留不愿意透露的思维。

我露出笑容："可以吗，我们可以骗到五十年后的科学吗？"

自觉有点可耻，于自身有益的时候，"他们"立刻变成"我们"。几时学得这样坏？顿时红了脸。

只听得纳尔逊回答说："这个实验室，五十年后未必造得出来。"他脸上略露自傲之色。

我相信他。

"请到这边来。"女助手唤我。

她协助我换上宽大舒适的袍子，躺在长沙发上。

忽然觉得宁静，心思平和，不自觉地合上眼，微笑起来。

琐事不再扰神，纵使挂念母亲，也没奈何，只得暂且撒手。"陆宜。"

是那熟悉的声音，他语气稍霁，仍带强烈命令性。

"很好，你终于决定回来，非必要时，我们不打算牺牲你。"

声音较从前清晰得多，就像有人在身边说话般。

"十天后，即是七月十四日下午四时，请把车子驶往日落大道二十三公里处，我们会接引你回来。"

呵，只给我十日。

“陆宜，你要遵守指示，不要拿生命冒险。”

我默然，还有什么话好说呢。

“现在孩子同你说话。”

“妈妈。”这是弟弟。

我很高兴，这个顽皮虫，给我多少烦恼，一刻不停，有一度我叫他“弟弟噪声制造者”。

妹妹也来了：“妈妈。”她带哭音，“你快回来。”

好，我回来。

“陆宜，记住，十日后下午四时，日落大道。”

这是名副其实的死约。

声音消失，我觉得疲倦欲死，昏昏沉沉堕入黑甜乡，一个梦也没有，睡得舒畅之至。

根本不想醒来。

有人来推我，我转个身，嗯嗯作声。

听到笑声，一定是觉得我滑稽，耳朵并无失灵，但四肢不听话，只得再睡。

终于醒来，是因为有人替我按摩手臂的肌肉。

睁开眼看到女护士，同时发觉身上挂着许多电线。

惊问：“这一觉睡了多久？”怕只怕一睡三日三夜，时间已经不够，再白白浪费，我不饶自己。

“今天几号？”

“五号。”

我安下心，挣扎起身，身上的各色电线几乎打结。

“哎哎，等一会儿，医生会替你解除。”

“纳尔逊先生呢？”

“在这里。”

我仍觉疲倦：“他们说——”

“他们说的话这里都接到。”

“听到孩子的声音真心酸。”我黯然。

纳尔逊诧异：“这样旧的伎俩你都相信？”

我吃惊：“不是他们的声音？”

“是电子假声，用以激发你的母爱，他们才不会让旁人知道你去了哪里。”

“你的意思是，家人一直不知道我的下落？”

“——不知你真正下落。”

“我明明失踪了，他们怎么交代？”

“那还不容易，说是感染了一种罕见的细菌，需要隔离，或是受了重伤，昏迷不醒。”

这么险恶！

我愤怒：“我回去召开记者招待会。”

纳尔逊错愕："你好天真。"

"怎么？"我仰一仰头。

"你不会记得任何事情。"

"嘎？"

"他们会对你的思维做出适当的调整，使你失去一部分记忆，恰恰是这四十五天内所有的经历。"我震惊："他们做得到？"

"连我都做得到。"

我将被逼忘记方中信？

太不公平了，他为我做了那么多，而我将来的记忆中竟然没有他。

我恳求纳尔逊："不，请你帮我保留这些宝贵的记忆，你一定有办法。"

"但是你回去之后，我实在无计可施。"

我感到极端失望，像个孩子般饮泣。

纳尔逊叹口气。

夫人轻轻说："没有记忆没有痛苦。"

"不不不，"我说，"你们对我这么好，我要加倍记得你们。"

夫人又说："传说中再世为人，都要忘记前生的事，既然已属过去，何必苦苦追忆。"

我的心仍然酸涩，痴恋回忆，抓紧不放，不欲忘怀。

“我们要先走一步。”夫人说。

纳尔逊对我说：“陆宜，十天后日落大道见。”

我哽咽：“谢谢你们。”

他也依依不舍。

他们每个人都这样热情，乐于助人，不计得失，在我的世界里，一个半个都找不到。

我不至于天真到相信他们之中没有小人，但是在这次的旅途上，我运气特好，没有看到。

归途中，夫人说：“不需要走错时间才会有你这种不平凡的遭遇，很多人在感情或事业上遇到挫折，避无可避，都被逼咬紧牙关，忘记过去，从头来过。”

她待我如姐妹，可惜我无以为报。

我指指额角说：“这好比美猴王头上的紧箍，他们一念咒语，我就遭殃。”

夫人被我说得笑出来：“你也看过这个神话？”

唉，这不一定是神话，也许悟空亦是走错时间的不幸人，只不过身上带着超时代武器，随时施展，传为佳话，因此情况比我略佳，瞧，我不是亦即将回到西方极乐天去了吗。

我问夫人：“应告诉方中信，还是不告诉？”

“你总要向他道别。”

“也可以不告而别，那么至少这十天内他会过得高高兴兴。”

“他会猜得到。”

“真无所适从。”

“顺其自然吧。”

“真不舍得。”

方在飞机场接我，他手中抱着小爱梅。

爱梅仿佛已与他相依为命，胖胖的手臂绕着方的脖子，任何不知情的人都会认为她是他的女儿。

见到我两人兴奋地叫起来，手舞足蹈。

我奔出去，三人拥作一团。

夫人在一旁微笑。爱梅受老方之嘱，上前向夫人敬礼献花，老方最懂得讨人欢喜。

稍后自然有管家把夫人接回去。

# 朝花夕拾

## 玖·

『生命只需好，不需长。』

从前不会明白这个话，

现在如同身受。

再度回到方宅，就正式把它当为家。

爱梅已完全熟悉环境，长胖不少，脸颊红润，像小苹果。天大的烦恼，只要看到这一张面孔，也得暂时卸下。

三口子嘻嘻哈哈，我自问真能做到今朝有酒今朝醉。

太阳落山，方带我到舞厅跳舞。音乐很慢很慢，男男女女搂抱着缓缓挪动脚步，身子随节拍款摆，十分陶醉，有些还脸贴脸，女方也有索性将玉臂挂在男伴脖子上的。

没想到五十年前跳舞可以带出这么含蓄的色情成分，谁说世风日下，越是暧昧就越艳靡，骚在骨子里，令人脸红耳赤，情不自禁。

而且还在公众场所表演，我看得呆了，不肯下舞池。

方几次三番邀请，说是教我。

我仍然摇头微笑。

乐师开始吹奏金色士风，曲子如怨如慕，如泣如诉，令听众沉醉。

“这首歌叫什么名字？”

“这是怀旧之夜，”方说，“歌名《渴睡的礁湖》[1]。”

呵，旧上加旧，一直往回走，走到幽暗不知名的角落，在那里，人们衣服上每一瓣都绣满花朵，他们惯性服用麻醉剂，都有一双睁不开如烟如雾的芍药眼，什么都不用做，尽管钩心斗角或是争艳夺丽。

在书本上读到过，他们种的花有黑牡丹、白海棠，喜欢的颜色有明黄、燕青……今夜似乎捕捉到这种情趣，灯光昏沉沉，闪烁着水晶光影，不喝酒也醉人。

谁愿意回去？在那里，为了使我们不住工作奉献精力，灯光与日光一样，造成错觉，刺激新陈代谢，把人当机器。

只得悄悄吁出一口气。

方轻轻跟音乐吟唱：“渴睡的礁湖，在热带的月色下，我与你共游……”

他说：“我知道有个地方，四季如春，在天堂般的花丛中，

---

[1] 《渴睡的礁湖》：英文名 *Sleeply Lagoon*。歌词内容，火光闪烁 / 倒映在河水上 / 天边一颗流星划过 / 渐渐失去了光芒 / 树叶在微风中舞动 / 在碧波中飘动 / 夜晚讲起玫瑰和露珠的神话 / 深深使我们着迷 / 热带的月亮 / 渴睡的礁湖 / 还有你 / 此刻的爱意 / 将永远珍藏在我心上。

有个湖泊，叫作迷失之湖，也许躲在那里，没有人会找得到我们，任由咱俩长满白发，你说如何，肯不肯与我到那里去？”

“是是，我们一起去，我愿意。”

他很小声、很小声，温柔如夜般说：“那迷失之湖，永远在我心底，让我们来跳舞。”

我热泪满眶，不住点头。

老方带领我下舞池，一步一步教我，并不难，很快跟上了。我学着其他女士的样子，左手搭在男伴右肩上，右手与他左手相握。

这是生平第一次跳舞。

他在我耳畔说：“要回去了吧？”

口气呵在敏感的耳朵上，引起麻痒。

我的心境也非常澄明，既成事实，也无谓抵赖。

我说：“十四号下午。”

“就剩下这点时间？”他无限怜惜地问。

“是，就那么多。”我说。

他拥紧我：“我们一起度过四十五天，不能说是不幸了，四十五天有一千零八十个小时，每分钟你都令我心花怒放，认识你是我一生中所发生的最好的一件事，谢谢你陆宜，为我平凡的一生带来光彩。”他哽咽。

夫人说得正确，方的性格可爱知足，懂得退一步想，所以他是个快乐的人，自身快乐，也令人快乐。

换了别人，就会贪婪，短短四十五天，不不不不够，希望有四百五十天，四百多天过去，希祈四千五百天，到头来有什么不是一场春梦，到头来又有什么不会席终人散，还不是伤心失望。

有什么是会陪我们老死的呢，没有。早日想穿了，早日脱离苦海。我同方说："我们在一起的确开心，但愿回忆长存。"

他用手指替我抹去眼泪："听听这首老歌，从我祖父谈恋爱时直流行到现在，叫《十二个永不》[1]。"

"这些迷人的歌曲，真叫人死而后已。"

"你也喜欢？我甚爱它们。"

他把我带回座位，小桌子上烛火摇曳，他握紧我的手。

"真想同你结婚。"

"不想连累你。"

"非卿不娶。"

我忍不住笑："你？"

他假愠，别转面孔。

---

[1] 《十二个永不》：歌词内容，永不要再见你／永不再说爱你／永不在紫色月光下与你共舞／永不将心儿交给水晶的珊瑚／永不永不永不……

“本性难移，我走掉第二天，你就捧着巧克力好去寻找新欢了。”我说。

方很认真地说：“时间可以证明一切，你只要问一问你母亲，便可知详情。”

我心底一寒：“我们不谈这个。”

“好，我同你到蓬莱仙境，共度剩下时光。”

“那么爱梅呢？”

“带爱梅同去。”

我狠下心：“好的，跟你走。”

他令我撇下丈夫子女，到天涯海角去享乐。

我竟是个如此不堪的女人。

但无论是谁，总有权抓住快乐吧，为着一生中些微的、可遇不可求的快乐，牺牲其他，也值得原宥吧。

我们几乎空手就离开双阳市，抵达迷失之湖。

湖滨有一间小小旧旅舍，一岸花树，湖上有天鹅觅食，宛如世外桃源。

旅舍主人忠诚地欢迎我们。

别看旅舍外表蒙蔽，这里有最香浓的龙虾汤、最甜美的香槟酒、最完善的游戏设备。

我们三个人什么也没做，有时泛舟湖中，眯着眼睛，我躺老方腿上，爱梅躺在我手臂上，人叠人就过一个下午，鱼丝不住抖动，分明有鱼上钩，但我们不去睬它。

爱梅获得极度安全感，似只小动物般熟睡，呼噜呼噜。

我说："可惜不能多陪她。"

方笑说："幸亏你曾陪过她。"

这就是乐观与悲观之分别。

"她永远不会忘记你，"方说，"将来她情绪低落之时，你会成为她的支柱。"

"是的，她的确记得我。"

母亲曾无数次提及这位无名女士，视她如神明及偶像。

"爱梅懂事的时候，要不要我把真相告诉她？"

"不。"

"我该怎么说？"

我沉默。

母亲一直不知道我即是她女儿，那意思是说，没有人来得及把真相告诉她。

方中信没等到她长大懂事，已经不在人间，而那位先生与夫人，当然更是保守秘密的能手，是以小爱梅不晓得我是谁。

方中信说："生命只需好，不需长。"

从前不会明白这个话，现在如同身受，我点头。

他又说："回去之后，怕你会寂寞。"

那是一定的，虽没有开口，眼睛也露消息。

他并不担心自身，忙着安慰我："好歹忍耐一下。"

我凄酸地低下头。

"或者你可以与他详细地谈谈，使他明白你的需要。"

"他并不关心我的需要，我怎么同他谈？"

"陌生人也可以同陌生人谈话呀。"

他真天真。

"你会同莉莉谈话？"我反问他。

"怎么不会，是她嫌我不够正经，与我终止来往，跟了别人，你以为我在情场无往不利？并不见得。她与新朋友在一起不愉快，时常打电话来诉苦，你不会介意吧？"

"不，我怎么会小气。"

他松口气："每次都捏着把汗，除了你之外，女人太麻烦。"那不过是因为他喜欢我，所以自他眼睛看出来，我没有缺点，只有可爱，其实那么多女人当中，我最讨厌，我最麻烦，临走还要把一个五岁的孩子托付给他照顾。

我说："这次回去，别的也许可以忍耐，吃惯了巧克力，可怎么办？"

"多带点走。"

“我不认为可以。”

“那么现在多吃点。”他总有办法。

“当然。”

“陆宜，我怕我会想你想得疯掉。”他留恋地凝视我。

我不敢出声，因为我连想念他的权利都会被剥夺，什么该做什么不该做已经自幼受到传统习俗的干涉，现在连思想的自由都失掉。

“陆宜，别不高兴，看这轮月色，专为我们而设，你见过这么银白圆大的月亮没有？”

不，我没有见过。

认识方中信之后，发现许多从前未曾注意的事物，都震荡心扉，这些从前认为微不足道以及琐碎的小事，如今成为生活情趣。

他打开一重重深锁的门，使我见到奇花异卉，以及整个美丽新世界。

时间太短了。

园子里晨间灿烂的花，至傍晚已落满一地。

但照方中信的说法，只要曾经盛放，便于生命无愧。

“很多很多人，活了七十岁八十岁，”他说，“快乐的时间加起来，不超过数小时，比较起来，我实在幸运。”

告别的时间终于到了。

我们返回双阳市。

当日夜晚，我与夫人联络。

我说："明午四时，日落大道二十三公里处。"

夫人说："这是明智之举。"

我苦笑："不这么做行吗，他们会把我脑袋炸成碎片。"

她不说话。

"夫人，到了那边，请允许我去找你。"

她笑了："傻女，我不认为我能活到八十八岁。"

我肯定地说："你一定能够。"

"长寿不一定是福气。"

我固执地说："夫人，你一定多寿多福。"

她不住轻笑。

"让我去探访你们。"

"活到九十高龄，不一定有力气招呼朋友。"

"我不是普通朋友。"

"好吧，如果记忆还在，我们也在，你可以来吃茶。"

"谢谢你，夫人。"

啊，至少在那个荒凉、冷漠的世界里，我还有一位朋友。

最后一日的早上，我与方中信都十分沉默。

我与方中信都决定把爱梅送到学校去，以免她受刺激。

小孩不疑有他，高高兴兴穿上校服，背好书包出门。

她上车之前，我紧紧拥抱她。

稍后我仍可以见到她，只不过届时她已是一名老妇人。

我凄酸地想，早上的花，傍晚已落在地上，人生如梦一样。方中信握住我的手："永别了陆宜。"

他眼睛红红，分明也是哭过。

我说："快点找个伴侣，好好成家，养一大堆婴儿，在孩子们哭笑声中，时间过得特别快，日子活泼热闹，只有儿童清脆的笑语声，才能拯救成年人的灵魂。"

他摇头："你不必说废话安慰我，希望时间可以医治我。"我只得住嘴，心如刀割地呆视他。

自上午九时开始，我的头开始剧痛，起初是每隔一小时痛一次，每次约一分钟，别看这数十秒钟，已经叫人受不了，我用双手抱牢头部，痛得眼前发黑，在地上直滚。

警兆来了。

要是不回去，也会活活痛死。

开头还瞒着方中信，十二时过后，频率加密，已达到半小时一次，他在我身边，躲也躲不过，看着我受苦。

我痛得不觉身体思想存在，整个宇宙只余痛的感觉，假使疼痛可以止住，叫我做什么都可以，死不足惜。

在痛与痛的喘息间，方中信把车子自糖厂驶出，往日落大道飞驰。

我浑身的毛细血管因强力忍耐而爆破，针点大的紫红色布满皮肤之上，看上去好不诡异。

抵达日落大道二十三公里处，我竟然有种大赦的感觉，好了好了，快完了，但愿不要再受这种酷刑。

小纳尔逊一早在等，见到我们，立即下车来会合。

我问："时辰到了没有？"

"快到了。"方中信扶着我，"剧痛已经开始？"

我点点头。

"坚强一点。"他拥抱我。

他们数人把我的车子放在一个很奇怪的方位，看我坐好，关上车门。

方中信自车窗伸手进来与我握住。

"不要害怕。"他脸色苍白。

我嘴唇颤动，一个字也说不出来。

纳尔逊说："方先生，请你即时退开，彼方即时将加强万有引力接她回去。"

方中信松开我的手，车窗自动关上。

我瞪着眼睛看牢方中信的面孔，即使看多一秒也是好的，他似乎在大叫，表情痛苦，纳尔逊把他用力拉开。

我用手敲着车窗，忽然之间觉得肉体与心灵的痛苦已到极限，无法再承受，我尖叫起来，一声又一声，用力推打着车门，要出去与方中信会合。

就在这一刹那，身体如触电般震抖，如化为飞灰，被风吹散，有说不出的痛快。

是死亡吧，一切不存在，连痛苦在内，多么好，不禁感激地落下泪来。

然而不到一会儿，连这点微弱的思想都告消失，一片静寂。

很久很久之后，恢复知觉时，我听到两个人的对话。

“她一直哭泣，宛如婴儿来到尘世。”

“也亏她了，这四十五天，一定吃足苦头，况且迷途也不是她的错。”

“她现在没事了吧？”

“苏醒了。”

“前数名迷途者就没有她这么幸运。”

我睁开眼睛，清醒过来。

一瞬间思潮纷沓而至，吓得我连忙合上眼睛，想把记忆关在门外。

“让她休息吧，从这里开始，我们交给组长。”

她们离开房间。

我知道我回来了。

房间里的气味并不陌生，一种洁净的消毒药水味道，在我们这里，很难嗅到其他的气味。

我缓缓转动头部，的确已经回来了，但为什么不觉高兴？

很快可以看到丈夫与孩子，应该喜悦才是。还有母亲，失踪四十五天，她对我一定牵肠挂肚。

但是方中信……他在我临走一刹那的表现好不激动，硬生生要两个有感情的人分开，实在是残忍的事。

我紧闭着眼睛，面壁而睡，热泪仍然夺眶而出。

待他们的组长驾临，把我这部分的记忆拔除，就不会伤心落泪，也许他们真的是为我好。

有人推门进来。

“好吗？”他声音很轻快。

这就是刽子手，来谋杀我美丽而哀伤的记忆。

我拒绝转过头去。

他在我身边坐下。

他说：“吃了很多苦吧，抱歉令你痛苦。”我维持沉默。

“那些不必要的记忆，徒然影响你以后的生活，相信我们，消除了只会对你好。”

我忍不住冷冷地说：“你认为会对我好。”

那人并没有生气：“社会上有许多传统的价值观，不由你不信服，譬如说，孩子必须做好学生，用功读书，谁说过成绩优异会使他成为一个快乐的人？但父母都希望他勤奋向学。”

我说：“我是成年人。”

“对国家来说，你也是需要照顾的一分子。”

我苦涩地说：“强制执行便是爱护？”

“你是个母亲，你应当明白，当孩子们不懂得选择之前，你得为他们做出决定，让他们踏上正途。”

“专制。”

他不再说什么。

过一会儿他问：“你准备好没有？”

我惊恐地转过身来向他求情，看到他的面孔，我呆住。

“纳尔逊！”我冲口而出。

这不是纳尔逊是谁？

金发、蓝眼、英伟的身材，跟小纳尔逊一模一样。我们刚刚分手，他又出现在我的面前。

我糊涂了，到底我在什么地方、什么年份？

他也一呆，纳罕地看看我：“你认识我？”

我激动地说："纳尔逊，弄什么鬼，你怎么也来了？"

他诧异地说："我们并无见过面。"

我气："你是不是纳尔逊？"

"是，我确姓纳尔逊。"

"太空署的纳尔逊准将，是不是？"

"那是家父，我是纳尔逊三世。"他跳起来说。

我如木雕泥塑般坐在病床上。

他的儿子！

不是他，是他的儿子。

我真是呆，还在努力抓住五十年前的事与人。

他却耸然动容："你见到家父了？"

我点点头，连忙问："他还在吗？"

"家父于二十年前一桩意外中丧生，"他黯然，"当时我还很小。"

"但是你承继了他的事业，而且你们长得一模一样。"

他顿时与我熟络起来："是家父协助你回来的？"

"是。"

他露出钦佩的神色来，像是向他父亲致敬，心向往之，过一会儿才回过神来。

"我一直在想，是哪个科学家协助你与我们通信，是谁使你不损毫毛地回到二〇三五年，原来是家父，”他自豪地说，“我太高兴了。”

我疑窦顿生：“其他的人呢？”

“什么？”

“那些掉进时空洞穴，却又没运气碰见纳尔逊准将的那些人呢？”

他不语。

“他们都死了吧？”

“小姐，你问得太多了。”

“你们没把握接引他们，但有足够力量摧毁他们。”

纳尔逊的面色变得很难看，一会儿青，一会儿白。

“成事不足，败事有余。”

“人类的进步一定自科学实验而来。”

“呵，是，牺牲一些平凡的生命不算一回事。”我愤慨地说。

纳尔逊忍无可忍：“你又损失了什么？手术之后，一切恢复正常，你不会记得发生过什么。”

方中信，要我忘记方中信，万万不能，我握紧拳头。

“纳尔逊，我有一项请求。”

“请说。”

“你可否网开一面？”

“不可以。”

“为什么？”

“你知道太多，把你所知的宣扬出去，会构成某种危机。”

“我不会说一个字。”

他摇头：“谁会冒这个险？”

“你可以读我的记忆，我不能够瞒你——”

“我亦不过照上头命令办事。”

“纳尔逊！如果令尊也像你这般公事公办，我根本回不来，早已成为他们实验室的活标本，纳尔逊，看令尊的面子也不行？”

“小姐，我已经同你说得太多，你要这段无用的记忆来做什么？我不明白。”

我悲哀地说：“我不怪你，我们这一代，早已忘记温情。”他叹一口气。

我看着他，失望地说：“你不像你父亲，他是个热诚的人。”

“是，”他说，“在一次升空实验的意外中，为着救同事，他奉献了自己的生命。”

他不再说什么，按下传话器，叫助手进来。

我也不再挣扎，绝望地瑟缩一角，任由宰割，感觉如实验室中的白老鼠。而失去希望，比任何剧痛的感觉更可怕。

我睁大眼看着纳尔逊，他不敢与我眼神接触，别过头去。

助手熟练地抓住我的手臂，替我注射。我在心里面暗暗地说：老方，再见。

我闭上眼睛。

助手问纳尔逊：“可以开始了，组长。”

“慢一慢，我想读一读她的记忆。”

“好的。”

我渐渐堕入黑暗中，待我醒来，一切痕迹都会消失。我苦笑，老方，真对不起你，枉你待我一片真心，可惜明天若有人问起你，我会茫然，说不认识你。

唉，人类进步得连保留一点回忆的资格都没有了。

我喃喃念着方中信的名字，作为最后的怀念，直至失去知觉。

故事并没有完。

要是真的忘记一切，又如何写下这么多细节，叙述过去四十五天中的遭遇。

先听见丈夫的声音。

他说：“叫她不要开快车，肯听吗？当然不，偏要玩帅，出了事，叫大家担惊受怕，没觉好睡。”

我微笑，是吗，阁下有害怕吗，阁下曾经失眠？如果有，就不会用这种语气说话。

接着是母亲的声音：“到这个时候还说这种话？算了，待她复原，我会劝她几句。”

失事，是的，生命大道上的错误，我们每个人都是生命大道上的车，控制得不好，恨错难返。

我心中苦笑，看样子丈夫不打算原谅我。他从来是这样，抱怨挑剔责难，一向没有建设性的意见，专候我努力创新，然后他把握机会，逐件事批评得一文不值。

护理员开口：“请不要在此争执，病人需要休息，现在请你们退出，叫孩子们进来。”

太好了，叫他们走，我不需要他们。很明显地，他们亦不需要我。我懒得睁开眼睛，同他们打招呼。

不过，这样做对母亲也许是过分了，我心中某处牵动，不知怎的，竟轻轻唤她：“妈妈。”

她已扭转身子，闻见叫声，转过头来。

“孩子。”她走到床边。

我心喜悦，凝视她面孔。

奇怪，从前听见母亲唤我，老是生出“又怎么啦”的感觉，今天听见“孩子”这两个字，却十分感动。

有许久我没有仔细地看她的面孔，在窗下明亮的天然光线中，我发觉她很是憔悴，衣服式样过时，脸上的妆太浓，头发上的染料需要添补了。

“妈。”我伸出手来。

她有点喜出望外：“什么事？”

“你好吗？”我握住她的手，“为何这样忧虑？”

母亲看着我笑：“这孩子，可不是糊涂了，反而问我好不好。”她一笑之下，眼角的皱纹如一把扇子似的展开，嘴边肌肉形成小袋，都松下来，脖子上的皮肤是层层小皱褶，胸口上有许多痣。她竟这么老了，怎么以前没有注意？

我呆呆地看着她，她几岁？五十多。一个人到五十余岁就会变成这样？

“孩子，你觉得怎么样？没有不舒服吧，要不要见见弟弟与妹妹？”

“要要要，”我说，“请他们进来。”

母亲一怔，笑说：“你倒是客气起来了。”

从头到尾我没有同丈夫说一个字，感情坏到这种地步，理应分手。这是下决心的时候了。

弟弟扑上来，妹妹跟在他身后，抢着叫妈妈。

我展开笑容，一手一个抱住。

他们虽然已经不小，但身体仍然比大人柔软，一点点空隙，便可以钻进去，似小动物般孵在那里不动，此刻在我的臂弯里，温柔且舒适，嘴巴不住地动，叽叽呱呱诉说别离之情。

护理员笑着请他们肃静。

我问他们："妈妈进医院有多久了？"

妹妹推开弟弟："四十五天。"

我吃一惊，伤在什么地方？我检查四肢。

母亲说："你脑部受震荡，昏迷不醒。"

我惊出一身冷汗。

"看你还敢不敢开快车？"

"不敢了。"

"明天来接你出院。弟弟妹妹，过来，别烦着妈妈，我们先回去了。"

"再见妈妈。"孩子们依依不舍。

在房外，母亲同我丈夫说："她今日恁地好脾气。"声音虽细，我还是听见了。

丈夫没回答。

我觉得非常疲倦，闭上眼睛。明天出院，第一件事便得与工作单位联络，这几十天来，他们一定用了替工。我最后记得的事，是车子冲下悬崖，竟侥幸没事，可谓命大。

车子一定撞成一块废铁了。也许该改一改飞车恶习，年纪已经不轻，不能再为所欲为。

护士来替我注射营养素，她问：“要不要听书？最近有两本非常动人的爱情小说，不少同事听得落下泪来。”

爱情小说，多么可爱。

令许多人感动的小说换句话讲即是通俗作品。

没有人看的小说才是艺术作品。

我要不要同他们一起落泪？

我轻轻摇头，精神不够。

“看电影或许？”她又问。

“我还是休息的好。”

“医生稍后会来替你做最后的检查。”

“谢谢你。”

她笑着退出。

我靠在枕头上呆很久，思想一片空白，没有什么心事，便安然睡去。

医生来了又去了，他检查医疗仪器，很满意地说：“她已百分之百痊愈。”并没有叫我起来。

朝花夕拾

# 拾·

我是不得不回来。

我是不得不走。

我们是不得不被拆散。

第二天一早丈夫来接我。我跟着他回家。

要拣个适当的时刻同他提离婚的事，办妥这件事，大家好松口气。

路上一句话也没有。

过很久想起来问：“我那辆车子的残骸呢？”

“已经发还，堆在车房里。”

“是否变成一团烂铁？”

“你自己去看吧，它是孩子们的最新玩具。”停一会儿我又说，“住院期间，给你增添不少压力吧？抱歉。”

他愕然，看我一眼，不出声。

“到家了，”我欢欣轻快地、急不可待地叫出来，“弟弟妹妹，还不过来欢迎妈妈？”

他们在门外玩小型飞行器，一听见我呼唤，丢下玩具，奔跑过来。我下车拥抱他们：“喂，今天有什么节目？”

妹妹即时问：“妈妈有什么好主意？”

“你们有无玩过寻宝游戏？”

弟弟睁大眼：“听说过有这个玩意儿，因为复杂的缘故，已经不大有人玩了。”

“我们今晚就开始玩，先让我来安排晚餐。”

七手八脚进厨房，看见一大堆蔬菜，大概是他们买来调剂胃口的。

丈夫跟进来：“你……做饭？”无限讶异。

我咬一口苹果，放下，心中也有点奇怪，有许多重要的事待办，怎么先钻进厨房？既来之则安之，做好菜再出去。

“你没有不妥吧？”丈夫问。

我回过神来：“没什么。妈妈呢，她几时来？”

“我在这里。”厨房窗口传来她的声音。

我探头出去笑：“正在牵记你，快进来！”

她换了一套衣裳，领子上别着一向喜爱的装饰品，我抹干手，替她拉一拉前襟。

“这只别针真有趣，配什么都好看。”

母亲诧异地说：“你一直说不流行了。”

“是吗，”我想一想，“它很别致。”

母亲笑："出院后你细心了。"

"得到充分休息，当然比较有闲情逸致，"我叹口气，"平常忙忙忙，累得慌累得哭，自不免毛躁点。"

"你可以辞职。"母亲说。

"真是饱人不知饿人饥，辞工，"我笑，"不用生活乎？"

"至少告长假。"

"嘿，这次放完假，还不知是福是祸，也许图书馆觉得替工比我能干，我就失业。"

母亲也承认："真是的，竞争多大。"

我正在把餐具摆出，深觉讶异，奇怪，从前从不与母亲讨论私事，如何今日竟与她絮絮而谈？

但谈话令母亲高兴，她捧着饮料，精神奕奕，说个不停。

食物令孩子们满意。稍后我们开始游戏，我偷偷将一枚糖果与一枚铜币包在锡纸内，藏到车房的空油漆罐内，叫孩子们去寻找。

一路上我会给他们适当的提示，到紧张关头，甚至会发出警示。

这足可以使他们忙一个下午。

弟弟不住说："哗，有趣极了，多么刺激！"

妹妹问："是可以吃的东西吗，找到后有什么奖品？"

丈夫开头也参加与孩子们一起寻找，一小时后，他放弃，到工作间去休息。

母亲说："你们家好久没有这样和洽热烈的气氛了。"

我也记得这个家并不算美满，大人一直吵架，小孩无聊寂寞。我惭愧地笑一笑，不语。

孩子们找到睡房去，天翻地覆，做地毯式搜索。我哈哈大笑。

丈夫闻声出来，一脸问号。

母亲说："真不相信，往日你都不让他们踏进房间半步。"

是吗，我竟那么不近人情？

我拍着手掌："孩子们，摸错途径了，宝藏并不在这里，再给你们一个提示，注意：禾草盖珍珠，废物堆里寻。"

弟弟与妹妹哇一声跑到地下室去。

连妈妈都摇头："闹得过分。"

"我倒觉得他们很快活。"丈夫说。

我看着丈夫，这是好机会，有什么话该说。

我同母亲说："妈妈，你能回避一下吗？"

母亲知道我们要讨论大事，叹口气："我先回家。"

"明天我去看你。"

我把她送出门。

丈夫自然也有数，我们坐下来，趁孩子不在跟前，我很文明地说：

“我们不如分手吧。”

他也特别平和：“好的。”

“谢谢你，我马上去进行这件事。你有无特别条件？”

他想一想：“没有。你呢？”

我摇摇头。

“你知道吗，如果我们一直这样心平气和，婚姻可以维持下去。”

我低下头：“我认为还欠一点点。”

“你又孩子气了。”

“或许是。我们不必再为这个问题争执，既然双方决定和平解决，再好没有。”

会议结束，心如止水。

我与上司联络过，下个月复工。

意外过去，生活如常，不知怎的，闷得要死。

黄昏的时候，孩子们终于寻到车房，我发出呜呜的紧急报告，他们欢呼，知道找对了地方。

弟弟跑出来问：“这是什么？”拿看黑色的塑料碟子。

“软件，”我说，“是老式电脑的一种零件。”

“不,”丈夫说,“是唱片。”

我说:“老天,连我都没见过。”

弟弟说:“我要继续努力,不能让妹妹得胜。”他奔开。

丈夫接过:“至少有五十年历史。”

我看着碟子上陈旧的标签:“《渴睡的礁湖》?这是什么鬼?”

“一首歌。”丈夫答。

我笑出来:“一首歌叫《渴睡的礁湖》?品位惊人。”

“他们那时候的歌名的确好不骇人,我记得有一首叫《我在欲火中》,又有一首叫《你认为我性感吗》。”

“哎呀呀。”我掩住嘴。

丈夫忽然握住我的手:“如果我们可以什么都谈,何必分手?”

我温和地说:“保证不到三天又会吵起来,我们不是同路人。”

他颓然。

我把唱片搁一旁:“能不能弄部机器来听一听?”

“要到古玩店去找。”

忽然听得孩子们大叫:“找到了,找到了。”

我立刻站起来:“游戏完结,我要去颁奖。”

走到车房，只见弟弟手中高举一锡包，妹妹跳跃着去抢。

骤眼看的确很像，但是走近就觉得那包太大，约莫有二十公分乘十二公分。

我笑："这是什么？继续努力，不是它。"

弟弟把包一手扔给我，又去找。

我把那包包拿在手中，心生异样之感，称一称，又不太重。

"在哪里找到的？"

妹妹指一指。

啊，这不是我的车子？车头凹扁，毁坏得很厉害，一扇门落了下来，夹层破裂。孩子就是在那里找到锡纸包的。

我问："你们割破的？"

"反正是废物，"弟弟说，"我们获奖心切。"

谁把这包东西放在那里的？不是我。

它是什么？

我把它拿到睡房，缓缓拆开。

包里做得极仔细，总共三层，拆到最后，是一只纸盒子，上面印有朵朵的玫瑰花，美丽精致。

这到底是什么？从没见过类似的东西，但可肯定不是危险品。

盒盖还没打开，已闻到一阵香味。

这种味道非常陌生，十分甜，十分馥郁，缈缈然自盒内钻出，似勾住我的灵魂。

我顿时失魂落魄，手颤颤打开盒子，盒子内还有层白色透明的牛油纸隔住。

牛油纸上面烫着金字：方氏糖厂。

糖？什么糖是这样子的？

掀开薄纸，放到鼻端一闻，香人心脾，忍不住取过一块放入嘴里。即使是毒药也不怕了。

糖一入嘴即融，钻入味蕾，如丝绒般滑溜甜美。奇怪，这滋味似曾相识。

谁把这糖果放在烂车的门内？

像是知道，又不十分记得起来。

整个人如堕入破晓时分，似有一丝金光透入浓雾，竭力但却看不清楚。

忍不住又吃一块糖，这一小盒子容量不大，可不经吃。

就在这个时候，片断记忆忽然浮现，我知道它是什么了，这种糖叫巧克力！因可可绝种而停止生产。

方中信，有一个人叫方中信，他是糖的主人。

我用手掩住嘴，方中信，我霍地站起来，是他把糖藏在那里，他死心不息要对我好，即使我来到另一个世界，他还设法照应我。

我都想起来了，是糖唤回记忆，不不不，不是，是纳尔逊，他暗中使了手脚，保留我的记忆，瞒过他的同伴，遣我出院，全人类只有他知道我保留着前世的记忆。

我恐慌，四肢冰冷，不知把这些非法的记忆收在什么地方才好，心突突地跳，半晌回过神来，才觉得心如针刺般痛。

纳尔逊说得对，这些记忆对我无益。

夫人也这么警告过我，是我苦苦哀求他们让我保留回忆。

我凄酸地想，不要后悔，千万不要懊恼，小心翼翼地看护这些珍贵的记忆。

我握紧双手，开头不晓得该怎么做，过了半晌，镇静下来，捧住巧克力糖深深嗅一下，收到抽屉里。

纳尔逊终于答允我的要求，或许出于同情，或许因为他父亲的缘故，他帮了我一个大忙。

我淡笑，他同他爹一样活泼机智，父子同样是了不起的人物。

孩子们这时闯进来："唏，终于找到了。"手上高高拎着铜币。

我连忙说："了不起，让我看，你们要什么奖品？"

弟弟与妹妹对望一下，不约而同地说："请妈妈有空常常这样同我们玩。”

“一定一定。”我说。

他们欢呼，跳着出去。

我看着窗外，怔怔地落下泪来，心中尽是过去的人过去的事。这个月亮不是那个月亮，这里的晚上没有月亮。

我一整夜伏在桌子上，直到太阳升起。

丈夫进来，看到我，意外地问：“这么早？”这种语调，已算难能可贵。

我勉强笑一笑：“失眠。”

“要不要看医生？”

“我没事。”

“自己当心。”他已经仁尽义至，耸耸肩忙自己的事去了。

我吞一口苦水，再一口苦水。

回来了，终于回来了。

不只身体回来，记忆也回来。

纳尔逊本来已将我的胡思乱想完全洗净，使我成为一个正常健康的女子，我甚至比从前温柔驯服，有兴趣走到厨房去，连丈夫都觉得，如此配偶，不是不可以共度一辈子的。

家人都发觉我变好了。

刚刚在这个时候，因为一盒糖果，唤回从前的我。

我震惊地呆坐。

五十年就这么过去了，物是人非。在他们那里，我不知如何着手寻找母亲，现在回来，我又不知该如何重新适应。

不是每个人都有机会经历这么痛苦的考验。

我伏在桌子上，每条神经抽得紧绷绷，痛苦得透不过气来。

然而经过这四十五天的旅程，我成熟了，我学会沉下气来，咬紧牙关死忍。

必须见一步走一步。

我出去问丈夫："我能借用你的车？"

"它是辆慢车。"丈夫笑。

"我只不过到母亲家去。"

"小心驾驶。"

"多谢关心。"

孩子们还在床上。我轻轻抚摸他们额上的接收器，不过似一粒血红的痣，但愿他们的思想永远不会被截收。

妹妹醒了，轻轻叫我。

我顺口叫一声爱梅，立刻怵然而惊，住口不语。

随即拍妹妹的手背，嘱她继续休息。

我出门去看母亲。

她在园子里休息，人造草坪如张绿油油的毯子，不知怎的，衬托得她更加寂寞。

“妈妈。”我走过去。

“你果然来了。”她有份惊喜。

我紧紧握住她的手，这才是爱梅呢。

“怎么会有空？我以为你只是说说。”

“以后都会很空，我会时时来探望你。”

母亲十分意外：“你？”

“该有一个转变，”我歉意地说，“想多陪你。”

“进来坐，慢慢说。”

她的手也已经老了，手背上有黄斑，指甲上有直纹坑，一切都表明她是个老妇，皮肤亦在手腕处打转。

我忍不住再叫她一声：“妈妈。”

“你怎么了，”她笑，“出院以来，像换了个人似的。”

“把这只胸针的故事告诉我。”我步入正题。

“你都不爱听。”

“我爱，请你告诉我。”

她听出我语气中之迫切，深觉奇怪。

“是一位阿姨送给我的。”

“她叫什么名字，还记得吗？”

母亲点点头：“她碰巧也姓陆，叫陆宜，所以我把这个名字给你，纪念她。”

“她在什么地方？”

“一早去世了。”

“谁告诉你的？”

“她的丈夫方先生。”

我的心牵动，硬生生吞下热泪。

“对了，告诉我，是否就是这位方先生把你带大的？”

“不，不是方先生。”母亲叹口气。

我紧张起来，难道方中信背弃了诺言？

“发生了什么？”

母亲笑，皱纹在额角上跳舞：“陈年旧事，提来做什么？”

“不，我要听。”

“怕你烦得像以前那般怪叫起来。”她说，“我替你去做杯茶。”我怎么会在这种要紧关头放开她，“妈妈，快说下去，方先生怎么样？”

她只得坐下来：“方中信先生不到三年就跟着去世了。”

我失声：“好端端怎么会？”伤心欲绝。

“你脸都白了，”母亲惊异，“这是怎么一回事？”

我连忙别过头去：“那位方先生是个好人。”

“好人也不见得活一百岁。”

“他得了什么病？”

“后来听监护人说，是癌症。”

我呆呆地靠在椅子上，不敢在母亲跟前露出蛛丝马迹，一句话也说不出来，苦如黄连。

“好人总是早逝世。我是不折不扣的孤儿，失去父母之后又失去方叔，唉。”

“后来谁做你监护人？”

“是一位老律师。”

“方先生没有亲人？”我想起他的妹妹。

“有一位妹妹。”

“她怎么样了？”

“咦，这些几十年前不相干的事，你知来做甚？”

“妈妈，请别卖关子，快告诉我！”

“她结了许多次婚，都没获得幸福，后来结束生意，移民外国，在异乡去世。”

我怔怔地靠在安乐椅背上，听母亲说方家旧事。

三言两语就道尽他们的一生，仿佛乏善足陈，像小时候看漏了部精彩的电影，心焦地问旁人：后来怎么样？坏人有没有得到恶报？美女有没有嫁到英俊小生？

但那个在场的观众永远词不达意，无法把剧情扼要地用言语演绎出来，急死人。

因为我不在场，不得不请母亲转告我，偏偏她不是一个懂得说故事的人。

我佩服说故事说得好的人，生动、活泼、有纹有路，人物栩栩如生，情节婉转动人……

我叹口气。

母亲说下去："那时我实在还小，记不清楚那许多。"

我疲倦而伤心地问："亦没有影像留下来吧？"

"没有，什么都没有，"母亲忽然说，"但有记忆，我心中永远怀念他们两夫妻。"

是的，记忆。

我已榨尽母亲的记忆，再与她多说也无用，这些年来，她重复又重复，不过是这些片断。

只听得她喃喃地说："方太太对我那么好，连幼童都感觉到她大量的爱，以后一生中，没有人爱我多过方太太。"

"妈妈，我也爱你。"我冲口而出。

她微微一笑，不予置评。

"我从前粗心不懂事，妈妈，现在开始，我会好好地爱你。"

她诧异："怎么忽然孝顺起来，倒有点肉麻兮兮的。"

我深深叹息。

“你们年轻人事忙，疏忽亲情，也逼不得已。”

“妈妈，你记得方太太的相貌吗？”

“她长得好美。”

“你那么小都记得？”

她肯定地点头：“再美没有了。”

“像谁？”

“像圣母马利亚。”

“像不像某个身边的人？”我暗示她。

“怎么会，没有人如她那么端庄美丽。”她不以为然。

“像不像你？”我已说得很露骨。

“不像。”

“像不像我？”我实在急了。

母亲笑出来：“你在为母的眼中，也算是美的了。”

“不不不，方太太是不一样的。”母亲说。

“一点也不像？”我说。

“你那么毛躁……”她看着我。

母亲已把“方太太”神化了，在她心目中，方太太至圣、至美、至善，无人能及。

我不过是她粗心、慌忙、心不在焉的小女儿，她怎么会相信我即是方太太，方太太即是我。

方太太是她的信仰。

我握住母亲的手，怜惜地说："以后我们要多在一起，我会常来探望你，妈妈，要不要我搬来同你住？"

"同我住？"母亲愕然，双手乱摇，"不要开玩笑，咱们两代人，思想以及生活方式都大不相同，没有可能相处，万万不能同住。"

她拒绝我？我哑口无言。

满以为能够补偿她，谁知她已习惯一个人生活，自给自足，不再希冀在任何人身上获得照顾爱护，多么悲哀。我们迟早，都会被环境训练得硬如铁、坚如钢。

我无话可说，太迟了。

"这两天你真是怪怪的，"母亲赔笑，"不是有什么不妥吧？"

我呆视窗外："母亲，方先生的墓……"

"在本市，我每年都去扫墓。"

"我想去。"

"同你有什么关系？刚出院，热辣辣的天气，日头一照中了暑怎么办好。"

她还是把墓址告诉我了。

我是即刻去的。

感觉上总以为他刚落葬，其实已有四十余年，墓木已拱。

青石板上全是青苔，墓碑字迹已经模糊。

我手簌簌地抖，蹲下去，伸手摸索，上面写着“方中信”字样，一九五五—一九八八。

旁边还有一行小字，慢着，是什么，我把脸趋向前去看，这一看之下，三魂不见了七魄，原来碑上刻着：宜，我永远爱你。

方知道我会找到这里，他知道我会看到这行字，他知道。

我额角顶着清凉的石碑，号啕大哭起来。

我是不得不回来。

我是不得不走。

我们是不得不被拆散。

我今生今世，被汝善待过爱护过，于念已足。

我泪如雨下。

在这偏僻的墓地，也无人来理我，我躲在树荫底下，不知哭了多久，只觉得气促头昏，四肢无力，也不愿站起来走。世界虽大，仿佛没有我容身之地，没有方中信带领我，我不知何去何从。

跪在石板地上，直至膝头发麻，天色暗下来，我不得不走了。而且还不能把悲伤太露，以免被人知道我的秘密。

我蹒跚地回家。

妹妹在窗口张望，一见我，立刻奔出来，给我带来一丝金光。“妈妈，”她吃惊，“你怎么一身泥斑，怎么了？”

“我摔了一跤。”我低声说。

“哎呀，让我帮你。”她扶着我。

我心一动，捧起她的脸，她双眼明亮如玻璃珠子，似要透视我的脑海，阅读我的思想。她是我的女儿，我还来得及爱她关注她，莫错过这个机会，要抓紧妹妹，趁还来得及。

我淋浴，她在浴帘外陪我有一搭没一搭地说话。

我问：“你们的父亲呢？”

“在书房里，好些时候没出来。”

“弟弟呢？”

“做他助手。”

热水撞在脸上，我顺过气来，啊，我的生命还有一大截呢。“你手上有多处擦破。”妹妹提醒我。

“是的。”

“妈妈。”

“什么？”

“你与爸爸要分开？”

我一怔，心想也到向孩子们摊牌的机会了：“是。”

我看不到她的表情，她没说什么。

我试探地问："失望？"

女儿成熟地答："我们也猜到，你与爸爸吵了许多年。"

我说："现在不吵了，分手的时间也到了。"

心死了，完全没必要再说多一个字。

从方中信那里，太清楚地知道爱是怎么一回事，对于次一等二等三等的感情，根本不屑一顾。

我闭上眼睛。

"妈妈。"

"什么？"

"你仍然爱我们？"

我拉开浴室帘子，把她抱在怀中："我爱你至地老天荒，十二个永不。"

妹妹和衣淋得湿漉漉，哧哧笑起来。

我再不肯放开她，母女俩痛痛快快一起洗了个澡。

我所有的，不过是她；她所有的，也不过是我。

拖了很久的棘手事一下子办妥。

母亲获知我们离婚的消息大不以为然，又无可奈何，烦言多多，换了平时，我早已发作，叫她不用多管闲事。

但如今，我已知道她是小爱梅，说什么就是什么吧，教训我吧责怪我吧，抱怨我、啰唆我，都不要紧。

妹妹偷偷在我身边说："外婆的话真多，可以一直不停地说下去，不觉得累。"

我微笑。

"妈妈你耐心真好。"

我握着妹妹的手，同她说："将来妈妈老了，你对妈妈，也要这般好耐心。"

妹妹意外地说："你不会那么快老。"

"很快就老了。"

"不会的，还要过好多年。"她说着有点害怕起来。

我拉一拉母亲："来，憩一会儿再骂我。"

"骂？我哪有空骂你！"她十分气恼，"你别以为我喜欢说你，实在是怕你不像话。"

小爱梅、小爱梅，你知否一无用处的女儿就是你的方阿姨？

我神秘而凄凉地笑了。

母亲被我笑得不好意思，只得作罢。

妹妹说："外婆你看公园的景色这样好，快别生气。"

母亲转嗔为喜："还是妹妹乖，唉，想我们小时候，什么都不懂，像一团饭，如今的小孩精乖得多，来，咱们到鱼塘那边去。"

我一个人坐在树荫里，只觉这里的鸟不语花不香，母亲抱怨得对，不过她小时候也是个精灵儿，并不比妹妹差。

我陷入沉思中，一半凄酸，一半甜蜜。多谢纳尔逊，不然我无事可思，我无事可想。

“小姐？”

我抬起头。

是一个穿汽车司机制服的年轻人，笑容很好。

“小姐，我们夫人请你过去一会儿。”

“你们夫人是谁？”我愕然问。

“她说，你们是老朋友了。”

我心一动。

“她说你会乐意见到她。”

这些日子来，我思绪一直似在迷离境界，如今被他这样一说，更加恍惚起来，如着魔一般，不由自主地站起来。

“带我去。”我说。

“在这里。”他礼貌地带引我。

他带我走到树荫深处，一位老太太坐在长凳上，正在看鸟儿啄食。

她的满头白发似银丝一般，腰板再直，也略见佝偻。说母亲老，她看上去又老一大截，大约人老到最老，不能再老，就该是这个样子了。

不过她还健康呢。

见到我，她满脸笑容地转过头来，面孔上除了皱纹，仿佛没有其他，但却是张可爱的脸。

“陆宜。”她亲切地唤我。

我张大着嘴，她轮廓十分熟悉，我认识她！是，我知道她，她是我仰慕的那位夫人，我奔过去。

“陆宜，你回来了。”

“夫人！”

“来来来，坐在我旁边，有话慢慢说。”

她待人更热情诚恳，我如他乡遇故知，拉起她的手，贴在面颊上，再也不放。

八十多岁的老太太了，很瘦很小，身子似缩水，但精神却好。她声音比从前沙哑得多：“别害怕，别害怕，唉，人一老到某个程度，会吓人的。”

“不不，夫人，你在我心目中，永远美丽如白芙蓉。”

“呵呵呵，陆宜，你在方中信处学来这一套油腔滑调？”

提到方中信，我黯然垂头。

“别难过，你令他快乐过，那才是至重要的。”她拍着我的手。

我略为振作：“夫人，那位先生好吗？”

“好，他怎么会不好。”夫人笑。

我也微笑，我们都知道那位先生的性格。

夫人比从前更开朗更具童心。

“他的心与脾都换过了，前天才随大队出发到月球宁静海开会。”

“他真是没法停下来。”

夫人摇摇头，双目中充满怜爱。

她爱他，这许多许多日子来，她都爱他。

真幸福，两人可以白头偕老，活到现在。

我大胆地、轻轻替夫人拨动耳畔之银丝。

朝如青丝暮成雪。

我问：“夫人，你怎么找到我的？”

“纳尔逊三世与我们一直有来往。”

“是的，他帮了我一个大忙。”

“他为你担了很大的干系。”

“是，我知道。”

“他令你一部分的脑细胞暂时麻痹，瞒过仪器，放你记忆归原。”

“我很感激他。”我由衷说。

“他说他读了你的记忆，被你感动……他认为这是你私人的记忆，与国家大事完全无关。况且你又是他父亲的朋友。”

我点点头。

“你要好好保守这个秘密。”

“是。”

夫人叹口气，抬头眯着眼睛：“陆宜，你觉不觉得，天气越来越坏了？花草树木都受影响。”

“一定的，以前我们那里，空气不知多好，山明水秀。”

湖如明镜，在星光下，可以感觉到一头一脸醉人的花香，与相爱的人在一起，一寸光阴一寸金。

夫人随即说：“老了，老了就会怀旧。”

“不，夫人，确实比现在好。”

她又呵呵地笑：“令堂无恙？”

“她很好，谢谢。”

这个时候，有一位老先生急急朝我们走来，挥舞着手杖，我从没见过走得如此快的老翁。

我不用猜也知道，这是那位先生到了。

我连忙站起来，想去搀扶他。

他瞪我一眼，闪开，好一个顽皮的老人家。

夫人说：“你瞧瞧这是谁？”

他定睛留神看我：“你！”

“是我，是陆宜。”

他怪叫起来：“你倒是驻颜有术！”

我啼笑皆非，又不敢出声，毕恭毕敬地站着。

“唏，”他说，“老原念念不忘于你，到处找你，这家伙对你一见钟情，可惜他今年已是个七十岁的老头子，来不及了。”他惋惜地摊开手，“老原一生都得不到的爱。”

夫人笑着责怪说：“你看你为老不尊的样子。”

他哈哈笑起来，像是把世上一切都看破，了无牵挂。五十年前，他正在尴尬阶段，如今大彻大悟，无色无相。

“来，”他对他夫人说，“我们走吧，别理这些娃娃。”

“夫人，”我追上去，“我——”

司机已礼貌地把我挡住。

我住了嘴。

不应太贪心了，已经见过面，够了。

夫人转过头来，对我露出嘉许的目光。

我回到原来的长凳上去，心如明镜台。

“妈妈——”妹妹跳着回来，拖长声音叫我。

我搂着她。

“妈妈，有一件事我想告诉你。”

“什么事？”

“你先答应我不要生气。”

“不，我绝不生气。”

“妈妈，昨日我闻到你抽屉中有香气，打开一看，见有一只盒子，又打开盒子，发觉一块块胶泥似的东西，我觉得它们是可以吃的，于是吃了一点点。妈妈，那是什么？我从没吃过比这更好吃的东西。”

“有没有告诉别人？”

“没有。”

“永远不要告诉任何人。”

“为什么？”

“因为你偷吃了提奥庞玛，诸神的美食。”

“妈妈，这是一个故事吗？告诉我。”

“我会的，有时间我会告诉你，现在外婆在叫我们了，我们过去吧。”

“外婆真唠叨。”

“嘘——外婆小时候，同你一样可爱。”

“会吗，你又没见过。”

“你老的时候，会比她更啰唆。”

“不不不不不。”

啊——爱梅，是是是是是是。

妹妹，是是是是是是。

**图书在版编目（CIP）数据**

朝花夕拾 /（加）亦舒著．—长沙：湖南文艺出版社，2017.9
ISBN 978-7-5404-8175-9

Ⅰ．①朝…　Ⅱ．①亦…　Ⅲ．①科学幻想小说－加拿大－现代　Ⅳ．① I711.45

中国版本图书馆 CIP 数据核字（2017）第 147312 号



上架建议：畅销·小说

**ZHAOHUAXISHI**
**朝花夕拾**

作　　者：[加] 亦舒
出 版 人：曾赛丰
责任编辑：薛　健　刘诗哲
监　　制：毛闽峰　赵　萌　李　娜
特约监制：刘　霁　郑中莉
策划编辑：李　颖　沈可成　谢晓梅
文案编辑：马玉瑾
营销编辑：贾竹婷　雷清清
封面设计：张丽娜
版式设计：李　洁
出版发行：湖南文艺出版社
（长沙市雨花区东二环一段 508 号　邮编：410014）
网　　址：www.hnwy.net
印　　刷：北京鹏润伟业印刷有限公司
经　　销：新华书店
开　　本：775mm × 1120mm　1/32
字　　数：210 千字
印　　张：8
版　　次：2017 年 9 月第 1 版
印　　次：2017 年 9 月第 1 次印刷
书　　号：ISBN 978-7-5404-8175-9
定　　价：38.00 元

质量监督电话：010-59096394
团购电话：010-59320018